U0074110

曼尼先生

青少年理財
哲學小說

十方——著

獻給　唐亦男老師與王淮老師

感謝

這本書不是我寫的。

整個過程就像一場神蹟，它不知怎麼開始了，又嘎然而止，帶給我無以倫比的快樂與充實。

七年前，我的家裡發生一場大火，所有能稱為「回憶」的東西，都在那場大火裡燃燒殆盡。

那是一個異常晴朗、空氣乾燥的日子。熊熊火苗在風勢助燃下開始蔓延，大火發瘋似地向外跳躍，波及數棟房屋，成一團火球。電視台現場直播，就在正中午，陽光正烈的時候。那一天，我剛生產完不到一個禮拜，全身虛弱，傷口還在流血，電視上卻轉播家裡大火的新聞。

我仰頭看著螢幕，身體的血流了出來；下體一陣溫熱，腦子裡一片空白。原來人受到驚嚇的時候是不會崩潰的，你只會空白。那一瞬間我閃過一個畫面。我看到自己從教務處走了出來，手上拿著休學文件……我的博士學位要中斷了，父母可能需要我的幫助。摸摸孩子的手，我全身虛脫。

這是一場電線走火意外。

在家族撮合幫助下，我的原生家庭經濟沒有遭受滅頂之災。

幾個月後，一切過去了，但是我的身心就像打了一場戰爭。

就像疾駛的火車「蹦」的一聲換了制軸軌道，一切都不一樣了。

我體會到一無所有的恐懼，體會到錢的價值，開始思考博士學位對我的意義，也思考金錢對人生的意義。

我決心變富，變自由，讓自己一生不為金錢恐懼。

從火災發生後的日子裡，我奮鬥了七年。這七年裡，我忍受著別人的不諒解，忍受著孤獨，忍受著恐懼，忍受著自我懷疑……每日每夜，鼓勵自己前進。

這七年裡，我盡自己能力學習金錢語言，鍛鍊心智，在挫折中學習實踐；終於達到財務自由，完成對自己的承諾。

我感謝上天，讓我有這樣的因緣；我也感謝博士學位的鍛鍊，讓我的心智柔軟而堅韌，對所有應當堅持的目標，永不放棄。

世界上真正重要的事情是沒有標準答案的。

什麼是快樂？什麼是富有？什麼是成就？什麼是目標？

很遺憾地，沒有真正「正確」的結論。

關鍵在於，找出你真正信仰的價值；反覆驗證、思考、討論以後，深深深深地留在心裡，堅定不移地持有它，持之以恆地奉守實踐一生。

很多人說這本書太過高調，不切實際，於己無用；那是因為他不夠苦，苦得不夠深，所以沒有掙扎，也沒有領悟。

我只希望，對不夠苦的人，播一個種子；對苦的人，埋一個善願。讓種子與善願，能夠在未來的某一天，因緣俱足，讓因果自然展現。

感謝幾位幫助我完成本書的人：吳曜明老師、張惠萍女士、楊幹雄醫生、鍾承翰先生。也感謝擔任第一讀者的朋友們：洪瑞泰老師、Diana、玉美、明麗、君皓、佳玲、玥萱……還有慧眼識英雄的姣潔。

感謝你們成為這本書的善因緣。

知識是最圓滿的布施，祝福大家。

目次
contents

第一章　自殺

「我叫諾曼尼……」腳伸出去，我深深吸了一口氣。緊緊貼著頂樓冰涼的短牆，我的背僵硬發白得像水泥牆上的硬疙瘩。「四十五歲，結婚五年，沒有孩子……」

高樓的風很大，外套被風吹鼓得像漲飽的汽球，空空的褲腳像亂風中飛舞的蝴蝶被扯得東倒西歪……漲紅了臉，我狠狠低頭看著皮鞋。高樓的風把皮鞋上一小塊剝落的皮翻動一下，假皮直挺挺抖動起來。

「拚命工作，拚命存錢，沒有偷懶……」臉一陣紅熱發緊。

「一生為錢所苦，不知所為何來。」

「人生從不懈怠，奮鬥不見希望……」

聲音越來越大，像虛弱的拋物線被風狠狠扯了出去。

「對朋友忠心盡意，孝順父母。」

搭拉著肩膀，我看到下面密密痲痲細針一般的城市燈光。

「這種下場，實屬不願、不甘……不能解脫。」

「希望來生，能不為錢所苦，投生富貴。」

眼淚熱熱地滾過臉頰，僵硬的身體柔軟起來……

「再也不用為錢所苦……」

「再也不用……」

風突然停了，四周一片寧靜。

「唉……」柔軟發熱的身體像泡在熱水裡散了開來。「走了，這個世界。」張開手腳，臉部朝下，我就像一朵盛開的花大大舒展自己，像陽光下飽滿的稻穗柔軟地撲倒在潮濕的泥土裡。

是的，我自殺了。

我今天，跳樓自、殺、了。

盡力跳出優雅的弧線，身體在沉悶黑暗的空氣裡輕輕漂浮了一下；強風撲面而來，一切急速下墜。皮膚像燒了起來，空氣銳利地摩擦身體……我隱隱約約聽到大樓下方發出刺耳的尖叫，那聲音越來越近，耳膜像漲滿空氣的塑膠袋，高高鼓起。

風把眼眶跟嘴角吹開，露出粉紅色的肉，口水沿著臉頰吹到耳廓。我感覺自己咧著嘴筆直迎向地面。

震驚中，我的視線落在玻璃幕上的倒影，身體下墜。

恐慌的情緒在喉嚨口升起。「啊！」我喊叫著筆直滑過大樓，襯衣在背後飄拂。

「天！天啊！」我嘶聲說。

遠方的水泥地在發光，我落了下去：一層……一層……，又一層。

光線如箭般刺入眼睛。我感覺到，感覺到空氣電流嗡嗡地划過身體，帶著電荷，發出飛蛾快速拍動翅膀的聲音。

我口中發乾，舌頭快要頂穿上顎了。呼吸困難起來，一陣不可見的閃電在窗邊燃起，刺得我兩眼發疼。

「誰？」

在一瞬間，在眼前一掌相隔的窗面，一個裹著混濁的光芒的人影，歪歪扭扭地舞動起來。

我駝背縮頭，手腳胡亂撲騰。

下一個瞬間，一團蠕動的暗影朝我聚攏，我能聽見如同乾草摩擦的呼吸聲，還有令人害怕的，令人憎惡的吸吮咂嘴聲。

「是誰？」

下一個瞬間，我的身體直直迎向地面，迅速有如閃電。

「喀拉！」

我聽到骨骼斷裂時的劈啪聲，意識一陣痙攣。鮮血鹹鹹的鐵鏽味道撲鼻而來，我發出高亢如哨音的尖嘯聲，像一隻被刺穿的魚奮力扭動。

幾乎同一瞬間，四肢掉了下來。

「咚！」悶悶的一聲，像在雨天敲鼓。血像小河一樣緩緩流了出來，浸濕頭髮；我死在二〇一二年四月十二日，凌晨三點二十分，周圍並無人聲為我墜樓鼓掌。

我癱了下去，雙唇微微分開，嘶嘶地吐出最後一口氣。

「死了之後的感覺原來如此溫暖……」失去意識的前一刻，我記得自己是這麼想的。

那是一種緩緩沉入海底的感覺，頂上的光越來越弱，聲音越來越模糊，越來越遠。

人世間的一切聲音都像遙遠的水面，溫暖搖晃著。

「就這樣了……這樣了……」我模模糊糊地想著。

意識緊緊包裹進非常安靜的殼裡，眼耳鼻舌身像缸裡沉澱下來的河水，安靜地與殼融為一體。溫暖地蹺縮成一個球，沉進深深深深的海底。

我體驗到一種涅盤般又深又廣的寂靜。

感覺過了一刻鐘那麼久，突然有人從殼外輕輕騷動我。

「咦？」

有人驟然發力，將我拽出殼外。那個猛然的力道像鞭子一樣，讓我像條娩出的蛇迅速滑了出來。

一陣不可見的閃電在周圍燃起，刺得我兩眼發疼。空氣中散發熱烘烘的血腥味道，我的視覺瞬時有些失焦，渾身飄飄蕩蕩。

「天哪！這是什麼？」

我直起身，踏了兩步，轉過頭，朝背後瞥了一眼。

完了，真的完了。我在那裏。

我破碎的身體，裹在白色沾了血的襯衣裡，如一團垃圾般甩到了路邊。一條腿怪異地舉在空中，彷彿在舉旗抗議。

「天哪！」

周圍萬籟俱寂，我仰起頭，大口大口地喘氣。

沒了，什麼都沒了。

我在屍體身邊跪下，呼吸困難起來。我發現自己開始前後搖擺，呻吟了起來。

「嗚……嗚！怎、怎麼辦！」

忽然間，一陣風從屍體腳邊開始揚起，沙塵石礫在空中歪歪扭扭的舞動，時而旋轉，時而彎折。

「怎、怎麼回事？」

我在灰沙中咳了幾下，舉起右手擋了擋臉。

沙塵在旋轉，一雙爐心般螢光綠的眼睛，對著我跳了一下。死寂中升起一個沙啞、梗塞的聲音，幽微沉厚如深海中的鯨鳴。

「喂！」

我挨打似地縮了一下，突然有電流閃過耳尖，直直竄向腦門，在眼窩前熱流似地迸發出來。

我的意識蒸騰恍惚，彷彿喝了幾斤的烈酒，渾身飄飄蕩蕩。

煙塵裡的人形慢慢凝聚起來。漸暗的路燈下陰影蜿蜒浮動。旋風止息，一個東西露了出來。

在靠近屍體的腳邊，我看見一個團團蜷伏的身體，半透明冰塊般的身體輪廓微微發出藍光。它的臉上有著玻璃珠一般綠油油的眼睛，鼻子像貓爪一樣微微勾起，下巴又尖又長。

「誰?!」我大叫。「誰啊?!」我忍不住低聲喊了起來，全身寒毛像泡在冰水裡的鋼絲一樣站了起來。

他向我走了過來。通體雪白，身形一起一伏，好似蛇一般地倏忽乍現，蠕動推進。

我的恐懼像海嘯般翻湧起來，腦子裡的尖叫聲迴旋震盪，心神俱裂。

他突然逼近，聚攏起一陣冰冷的旋風，一雙眼睛又紅又亮，就像兩道新劃開的傷口。

「嘶——」他說，身形詭異地聚攏潰散，面目一片模糊，只剩一片魚肚白。

「嘶——」他說，鮮紅的嘴唇被犬齒微微掀開。

我張大了嘴巴，一點聲音也發不出來，渾身抖得像寒風中的落葉。

他朝我伸出手來，半透明水銀般的手臂緩緩湊近眼睛。我的意識登時凝固了，雙肩因為思想集中而弓了起來。

「鬼——」

「有鬼——」

「有鬼——啊！」

我聽到自己尖叫的聲音迴盪在耳邊，眼前一片空白，世界天旋地轉。

第二章　死結

他拖著我急速上竄，行道樹被搖晃扯動幾下，飄下一陣樹葉。到了頂樓窗邊，突然停了下來。暗黑色的玻璃上，我看見自己搭拉著肩膀垂頭喪氣地漂浮著，下半身隱隱約約映出一條小蛇般蹺曲的尾巴。

「磅！」

來不及反應，我就被推了進去；身體像被榔頭重擊的保齡球沉重地向前滑行，長長的尾巴拖行在地上，發出一陣刺耳粗大的摩娑聲。靠著牆，我喘著氣努力適應洞穴般昏暗的環境。

眼前是一張超大馬蹄形會議桌，透過高樓窗邊月光，桌面像海平面靜靜漾著波光。

會議桌前方有張像浴缸大的長長辦公桌，後方黑色靠背皮椅鑲上一圈珍珠項鍊般的壓紋；一張像劣質廁紙般蒼白的臉浮在黑色皮椅上方，四周團團圍著濃濃煙霧。

我隱隱約約看到煙霧下方伸著磨菇屁股般滿是皺摺的長脖子，透明的身體像小便斗上的冰塊發出微微藍光。

「就是那張臉！」

全身汗毛立了起來，突然意識到是他帶我到了這裡。他在馬蹄形會議桌前像木偶一樣動也不動，會議室裡一片安靜。

「啊——」

他的眼睛突了出來，像禿鷹一樣聳著的身體變成膨漲的氣球。

「咳咳咳咳！」

他咳了起來，身體每顫動一下，邊緣透明的螢白色光暈就像孢子一樣擴散到空氣裡。

「對……不……起……」那東西說。

「真……是……對不起……」他說。

他頓了頓下巴，像剛吃完一條水牛的蟒蛇打了個飽嗝。

「還不打算介紹自己嗎？」

月光溫柔地灑在長長的會議桌上，室內一片尷尬的沉默。

「我……我叫諾曼尼……」

我聽到自己的聲音微弱地迴盪在空蕩蕩的房間裡。

「四……四……十五歲……」

「咳咳咳咳咳！」

眼前的鬼魂瘋狂的咳嗽聲幾乎掩蓋我的聲音。

「一直在這棟大樓工作……主要負責資訊安全監控……」

「咳！咳！……喝……說這些東西幹什麼。」

他挪動一下身體，從喉嚨深處發出清理廚房下水道水槽的咕噥聲。

「你已經死了，知道嗎？死了的人不這樣介紹自己，不這樣……介紹自己。」

看來這個暴躁的鬼魂有重複說話的習慣，我突然覺得眼前的畫面有點滑稽。聳著肩膀，他的食指輕輕舉了起來，「啵」的一聲從指尖迸出火苗，從空中點起一根菸，讓煙霧慢慢飄了起來。

「只有活著的人在乎彼此是怎麼生活的。什麼職業……住在哪裡……以何維生……有誰做伴……死了的人不在乎這些。」

我的鼻子酸了一下。

「人們見面寒暄，通常自我介紹說，我從哪裡來；我們見面呢，通常是報上『死結』。」

「死結？」

我看著裊裊飄上的煙霧，失了神地一片空白。

「嗯，『死結』就是說你是怎麼死的，為什麼死的。對鬼來講，最重要的事情是他怎麼來的；就像人活著的時候會介紹自己是哪裡出生的一樣。」

「像我吧……」鬼魂往後靠著椅背，用指尖把面前的香菸轉了轉，繞出一個個優雅的煙圈。「我的『死結』是肺癌。原因是抽了幾十年的『萬寶路』……死的時候七十八歲……」

「我們都這樣介紹自己。懂了嗎？」他翻了個白眼。

「再來一次。」

重新壓回黑色皮椅，他的身後嘰嘎作響。

緊緊貼著牆壁，我的身體僵硬發涼。這一切讓我喘不過氣來，幾乎快要虛脫了……

「我……我叫諾曼尼，『死結』是跳樓自殺，原因是……為錢所苦……死的時候四十五歲……」

「喔？嗯！」

抖動的聲音在昏暗的會議室裡發出回聲，我的腦袋一片空白。他嘆了口氣，接話道：

「諾曼尼？」

「原來你叫諾曼尼啊……」

周圍的煙圈逐漸散開，他盯著我緊緊不動，綠色的眼睛像燭火一樣燃燒著。

「諾曼尼先生，我叫曼尼多。這棟大樓是以我的名字命名的，你知道嗎？」

「曼尼多？」我的心跳了一下。曼尼企業創辦人的鬼魂？那不就是我老闆的老闆？

「這是我的大樓，你不知道嗎？」他眼睛裡綠色的火焰高高揚起又高高落下。

我的身體動也不敢動，僵硬的搖了搖頭。

「在我的大樓跳樓，你知道會有什麼後果嗎？」

「什麼後果？」我說。

「很——嚴重——的後——果。」

懶洋洋地拖長了聲音，曼尼先生一面回答，一面從黑色皮椅上滑了下來。

「很——嚴重——的後——果。」他像條大蟒蛇一樣緩緩向我滑近，肥厚沉重的尾巴像修車廠廢棄的輪胎圈，摩擦地上發出巨大的沙沙聲。

「在這棟大樓自殺的人，會在『死結』沒有解開前重演自殺過程；每天一次，永不中斷。」

他的臉距離我只有一疊廁紙的距離，我聞到下雨過後腐爛的青草泥土味。

「其他時間就是跟我在這裡，分享我的空間……我的大樓……我的平靜生活……」

我的寒毛都立了起來。

「所以我說，」他手指點了點我的額頭，「這、很、嚴、重。」

「那怎麼辦？我……我不是故意的。」

我的頭皮發麻，眼淚在眼眶裡打轉。

「嗯……怎麼辦？讓你趕快『畢業』囉！」

曼尼先生用手指將空中的香菸滑動幾下，煙霧繞成一個畢業禮帽，輕飄飄地從我頭上套了下來。

「『畢業』？」

「『畢業』是我們的暗語，意思是讓自己從死因中想開，解脫出來。」

曼尼先生一面瞇著眼繼續在空中畫出一個又一個畢業小禮帽，一面挑著眉毛認真回答著：

「只要能解除每個鬼魂的『死結』，你就可以離開這裡重新來過，不用在這裡陪我『鬼混』。」

「懂嗎？」

曼尼先生不耐煩地揮了揮手，像禿鷹一樣坐回椅子上。

「那麼，我們從你的『死結』開始好嗎？我想我們都迫不及待要讓你『畢業』了。」

他遠遠對我翻了個白眼，重重吐了一口氣。

第三章　口訣

「曼尼先生，我缺錢。我想要很多很多錢。」

我的手在昏暗的會議室裡畫了一個大圈，斜照的月光把我的剪影映得像蟒蛇那麼大。

「缺錢？誰不缺錢？缺得特別厲害的那種？」曼尼先生說。

「我缺錢，缺到去自殺，房貸、車貸、老婆停不了的購物慾望，讓我過得好痛苦。對我這種上班族來說，薪水是固定的，物價不斷上漲，想買的東西越來越多……跟老婆的衝突越來越大……一直到今天早上，我媽的醫藥費又讓我越來越艱難……房貸已經三個月付不出來了……」

「嗯……看來你的『死結』是錢囉？」

曼尼先生轉動手上的綠色戒指，表情有點不耐煩。

緊靠著我的曼尼先生，突然用力把我往前推，向後滑行到馬蹄形會議桌中間，兩隻手高高舉起，會議室的燈突然全部亮了起來。

「我們開始吧！」

曼尼先生回過頭來對我笑了笑，露出黃黑色的長板牙。

「你想要很多——很多——錢是嗎？」

一邊說著，曼尼先生一面在空中用手指畫出一個跟我差不多高的螢光長方形，搭上一個圓形小把手，對著它吹了一口氣。用力搖晃把手幾下，曼尼先生推開螢光門，搭著我的肩膀往裡探了探。

門裡面是一個灰色水泥牆包裹的小房間，頂上長長垂下來一盞發黃的燈泡，靠牆擺著一個海龜大的純白色大馬桶。

「廁所？」

我的頭皮發麻起來。

「這裡有很多——很多——錢——」

曼尼先生得意地說著，一面把我像小狗一樣拎了起來，丟進門裡。

「砰！」門被關了起來。

「感受一下很多——很多——錢的感覺吧！」

隔著門板，曼尼先生的聲音就像悶在棉被裡；我感覺自己像籠子裡的小雞不知所措。

「很多——很多——錢來囉！」

曼尼先生輕快地提高聲音，伴隨著一陣喉嚨咕嚕咕嚕的清理聲……錢幣突然從身邊的馬桶裡像噴泉一樣湧出來。

嘩啦嘩啦嘩啦嘩啦……

我企圖用手壓下馬桶蓋，錢幣卻像瀑布一樣滑向地板，慢慢湧上我的尾巴。

「感覺怎麼樣？」

嘩啦嘩啦嘩啦嘩啦……

「有很多、很多錢的諾曼尼先生，你再也走不出這個小房間了，你擁有很多、很多錢，但是你不能花。」

「諾曼尼先生，這是你想要的嗎？」

錢幣嘩啦嘩啦像潮水一樣湧出來，

「不是……」我有氣無力地回答。眼淚、口水混在一起，心情非常惡劣。

「不是?!」

「這不是我要的！放我出去！」

外面一陣寂靜，我奮力從錢幣堆中掙脫出來，雙手滑到門邊，往大門把手狠狠搖晃幾下。

砰！

一陣煙揚了起來，大門跟馬桶、錢幣跟地板、水泥牆跟小燈泡，統統不見了。曼尼先生在空中飄浮著，周圍散發的光暈在空中一點一點飄散。

「怎麼樣？諾曼尼，有很——多、很——多錢的感覺好不好？要不要再來一次？」

曼尼瞇著眼睛，黃板牙從臉上露了出來。我往後一跌，像壞掉的馬桶水箱一樣哭了起來。四周燈光又暗了下來，馬蹄形的會議桌中央緩緩降下一個白色黑板。

曼尼先生回過頭去，在黑板上用螢光色的蠟筆用力寫道：「**你要的不是錢，是錢能換來的東西。**」

曼尼先生拍拍我的肩膀，推著我回到黑色皮椅，從會議室的另一頭仰望這幾個閃閃發光的字。

「諾曼尼先生，你想用錢換來的是什麼呢？我們一起來看看好嗎？」

沒等我回答，曼尼先生把一根電線插進我的耳朵，電線另一頭接著一個仍然不知道從哪裡變出來的小電視螢幕，不耐煩地調整頻道起來。電視裡的沙沙聲迴盪在昏暗的房間裡。

「嗯，你想要的東西是……」

電視切換到清晰的頻道，我看到螢幕裡出現一棟帶著花園的獨棟小別墅，正是我夢想中的樣子；別墅旁邊立著一個牌子，上面寫著「貸款付清」。

「喔，你想要一棟『貸款付清』的房子啊……，還有呢？」

曼尼先生轉了轉小小的頻道轉盤，螢幕跳到一輛銀色賓利跑車，正在高速公路上全速前進。

「喔，你還想要一輛好車啊……，然後呢？」

螢幕上繼續出現各式各樣的畫面，像壞掉的電視頻道交錯跳躍出來。偶爾停下來，勉強能看到是我正在狂吃哈根達斯冰淇淋，旁邊還有一個站著的女僕。

「你想要的還不少耶！」

曼尼先生讚嘆著，拍拍我的肩膀。他起身按停電視，把電線從我耳朵裡拔了出來，盯著我看了一會兒。

「老弟，你會為錢所困，真是完全自找的。」

曼尼先生像波浪鼓一樣搖著他的頭。

「我以一個幾十億富翁的身份告訴你，you……totally……wrong。

「當我問你你為什麼困擾而死的時候，你說是為了錢。

「當我給了你錢，你發現其實你需要的不是錢，是錢能換來的東西。

「而當我問你想換來的東西時候，你想要的東西像我的頭髮一樣亂七八糟地捲在一起……

「諾曼尼先生，你為錢所苦，就是因為沒有學到一個重要的技巧跟態度。

「要解開你的死結，我看你得準備好知道不被錢困擾的第一個口訣。」

「口訣?!」我深深吸了一口氣……看著自己的尾巴興奮地漲紅起來，曼尼先生要教給我不被錢困擾的口訣，太好了！

「要脫離錢的困擾，第一個口訣，是『**停下來**』。」

他綠色玻璃珠般的眼睛對我眨了眨。

「停下來？」我愣了愣。

「沒錯，『**停下來**』。」

「停下來做什麼？」

「**停下來看著自己**。」

「停下來？看著自己？」我驚訝地叫了起來。

為錢所困擾，第一步卻不是去想著自己要賺多少錢，要買多少東西，反而是回過頭來「看著自己」？這真的是令人大失所望的「祕訣」。理財專家不都說要「設立目標」嗎？真令人難以理解。

「這是什麼意思？」我說，屏住了呼吸等他回答。

「你會為錢所苦，是因為每一個念頭出了問題。」

「念頭？」我很驚訝。

「不是念頭，是因為缺錢。」

我輕輕搖了搖頭。

「你會為了錢而感到心裡很苦，往往是因為投入到已經發生的過去；尚未發生的未來。你現在心裡面裝滿了那棟『沒付清貸款的房子』，覺得很煩惱。同時又想到你媽媽還沒結清的醫藥費，覺得自己很可憐。你想著這些『未來沒有實現的』，或者自憐『過去沒有得到』的東西，是你為錢所苦的根源。

「你沒有學會把對未來的慾望跟過去不幸的自憐情緒『**停下來**』。

「只有當你把情緒停下來，對自己**需要的念頭保持警覺**，才能真正拿回對錢的主控權，你也才會對人生有信心。」

「**自憐純粹是一種放縱跟任性……**」曼尼先生又點了一根菸，伸手放進嘴裡。

「你以為自己為金錢所受的苦是最困難的，比任何人都更悲哀……忘了很多人跟你一樣受苦，不但現在很苦，在你死了以後也很苦。」

「你們同情自己的念頭越強烈，客觀看待自己跟周圍的心智就越無力，終於成為一個心胸狹窄而固執自卑的人，這一切都因為你處理不當造成的。」他意味深長地看了我一眼，側過臉去噴了一口煙。

「你沒有在痛苦焦慮的時候，拿出武器與煩惱作戰……或者說，你連怎麼比出第一個抵禦招式都不知道，只能重傷倒地，束手投降……」

我雙眼泛紅，突然覺得自己接觸到很關鍵的一點東西。看我似乎深受感動，曼尼先生突然靠近我，伸手往我左臉打下去。

「你站好！」

伸手又往右臉打了下去。

「不要動！」

在我還沒回神過來，曼尼先生的手就像狂風暴雨一樣左右甩臉，我的頭點得像雨天河塘邊的荷葉。

「諾曼尼，你說說，你是左邊痛些，還是右邊痛些？」

我像鋼琴上的計時器左右搖晃，眼睛被擠得凸了出來，口水四散飛濺。

「我、我、不知道……」

「是了，小老弟……你不知道。」

曼尼先生終於把手停了下來，皺著眉頭四處甩了甩。

「你不應該去想左邊痛些，還是右邊痛些。」曼尼先生停了下來，若有所思地左右摸摸我的臉，突然用力抓起我的手。

「你要做的應該是抓住我的手，這才是造成痛苦的根源，不是嗎？」

我捧著漲得通紅的臉，說不出話來。

「為錢所苦的情緒，就像思考左邊痛還是右邊痛的感覺一樣；你不應該停留在情緒跟感覺裡。」

「早點解脫吧，老弟……」曼尼先生說到這裡，身體往後輕輕倒了下去，呈仰泳的姿勢在昏暗的會議室裡往窗邊像條厚重的鯨魚游了起來。

我看著他半透明的屁股，怯生生地問道：「那我到底該怎麼做，才能把自己從情緒跟感覺裡拉出來呢？」

曼尼先生搖擺著身體，若有所思地回頭看著我說：

「你要練習一種『**旁觀的**』技巧。」

「『**旁觀的**』技巧？」

我吞了口口水，滿臉困惑地望著他。

「所謂旁觀，就是一種你正在做的事情**保持高度的知覺與感性的心理狀態**。」曼尼先生對我微微一笑。

「這需要你對自己的感受保持專心，保持警覺……你必須『**像大人監視青少年一樣**』地監視自己的念頭和情緒，這是遠離金錢痛苦的重要的技巧。」

「念頭和情緒？」

我抓抓頭髮，心裡感到越來越迷惘……

「我當時的情緒已經很絕望了、很糟糕了，都已經這麼洩氣了，哪裡還能在情緒上保持冷靜？」

我搖搖頭，長長嘆了一口氣。

「這實在太難了……」我說，沒精打采地望向窗外，顯得有點意興闌珊。

「是啊，」曼尼先生說，「這實在很難……」他用手往後拂了拂自己的瀏海。

「因為你不知道『**口訣**』。」

「**口訣？**」

我驚訝地說，曼尼先生點了點頭。

「是的，朋友。保持知覺是有口訣的。」

我的耳朵豎了起來，抬頭等著他的回答。曼尼先生的表情看起來很輕鬆，他帶著一種心知肚明的表情笑著看我，露出燦爛的笑容。

「口訣就是：**我要看自己**。」

「**我要看自己**？」

「是，**我要看自己！**」

他伸了個懶腰，意味深長地看了我一眼。

「什麼意思？」我感到非常困惑，像墜入了迷霧。

「在心裡不能說『我要做這件事了』，而是說『**我要看自己**做這件事了』。像是『我要去死一死』，換成是『**我要看自己**去死一死』……」

我睜大了眼睛……覺得曼尼先生的這段話非常新鮮。

「相信我。當你在心裡這樣說之後，就會發現**成為旁觀者**的機會大了起來，一切都變得很容易。」

「這是一種監視嗎？」我問。

「也可以這麼說。」曼尼先生點點頭。

「當你**成為自己的旁觀者**，對自己的所作所為就會充滿好奇心，不容易感到沮喪或憤怒；也只有把自己抽離開來，你才能把自己的故事演下去，預見行為的結果，做出恰當的反應跟決定。」

「喔——」我恍然大悟似地點了點頭。

「所以……」我興奮地滿臉漲紅，「**我要看自己**買這件衣服，**我要看自己**刷這次卡，**我要看自己**生氣，**我要看自己**緊張……，就像這樣在心裡默唸，你說對嗎？」

我的心情激動起來，一股熱流就要堵住我的腦袋和喉嚨。

「真聰明！」曼尼先生拍拍我的手背。

「懂嗎？你要做的，就是在那個當下**停下來**。深呼吸……」

「停下來……之後呢？」我問。

「嗯，那就是下一個秘訣的開始了。」

曼尼先生躺回皮椅，雙手攏著腋下對我笑了起來。

現實連接

在現實的世界裡，我們面對金錢的情緒是察覺不到的。

We just suffering,
Always suffering.

我們聽到某個同事投資房地產賺了很多錢，心裡「有點不舒服」。
看到某個兄弟姐妹給父母的奉養金少了點，心裡「有點不舒服」。
聽著朋友吊著點滴報怨醫藥費，聯想到自己的未來，只覺得「非常非常不舒服」。
這些嫉妒、憤怒、憂慮的情緒，都是面對金錢時帶來的痛苦。
就像諾曼尼一樣，我們放任金錢攻擊自己，陷入情緒的陷溺跟循環，無法自拔。

我們以為賺更多的錢，買更多的東西、更大的房子就能免除懷疑；我們未雨綢繆，購買人身保險跟共同基金，存下每一分錢，只求停止擔心。

我們不斷努力，困擾從未止息。

為了解除金錢的煩惱，我們努力累積金錢，為過上無憂無慮的富足生活艱苦奮鬥著。我們將「累積」視為行動的原則，相信「累積金錢以獲得更好的生活」是一種正確的價值觀，數年來堅持過著節制生活。

我們為了保證退休以後能進行闊綽的消費，從現在開始就進行艱苦的勞動，兢兢業業地努力。我們不買好喝的咖啡，不買漂亮的衣服，像狗一樣工作；我們忍受著「現在的」不快樂，為了「將來的」快樂，為了將來不需要擔心、憂慮、恐懼；你現在承受著擔心、憂慮、恐懼。

「我要撐下去！」你咬著牙默默地跟自己說，咬了咬自己的嘴唇。

「還有十五年……」你說，在辦公桌下捏了捏自己大腿，深吸一口氣。

日子一天一天過去了，你發現自己疲憊不堪、精疲力竭，一點也無法快樂起來。

你在追求累積的過程裡，已經不快樂了。你成了節制生活的上癮者，拒絕快樂了十幾年，虛耗人生。

歲月如梭，你逐漸衰老。

習慣節省的你已經失去享受金錢的能力。你捨不得用錢交換渴望很久的夢想；捨不得讓自己感到舒適。你的慾望接近乾涸；你習慣不快樂。最後你赫然發現，「累積金錢」似乎並不能保證帶來「更好的生活」。

累積金錢的**過程**讓你痛苦，

累積金錢的**結果**仍然讓你痛苦。

不論過程與結果，累積金錢都沒有讓你過得更快樂。你接納了不正確的生活方式與行為準則，犧牲自己的人生。

「我怎麼為錢那麼痛苦？」

你像諾曼尼一樣問自己。

「我到底還能做什麼？」

你喝了一口咖啡，身心逐漸麻木。

金錢的煩惱像呼吸一樣陪著你，你不但無法察覺，也無力改變。

You just suffering,
Always suffering.

曼尼先生教給諾曼尼的第一課，是「停下來看著自己」，這是根除金錢煩惱的關鍵能力。「停下來」是一種「打斷」的心理技巧，這種技巧能幫助你中斷慣性的念頭，打斷頑固的習性。「觀察自己」是一種「抽離」的技巧；這種技巧能幫助你保持對自己的注視與覺知，監視自己的煩惱，不輕易為錢鼓動起痛苦的情緒。這種「打斷」與「抽離」，能幫助你踏出改變的第一步。

請不要放棄，在日常生活中多做練習，保持人生的彈性。

金錢應當為你的快樂跟美好而服務，不要讓錯誤的情緒引導行為，錯失豐美的人生。

跟著我做，不要猶豫。

這本書會教給你一種兼顧現在與未來幸福的花錢方式，讓自己因為金錢幸福起來，過得更好。

課後練習

在日常生活中使用這個口訣（請自行填空）

1. 我看著自己　買這件衣服
2. 我看著自己　刷媽媽的卡去旅行
3. 我看著自己　在掏出鈔票
4. 我看著自己　從超商冰櫃拿出飲料
5. 我看著自己　點擊「立即購買」
6. 我看著自己
7. 我看著自己
8. 我看著自己
9. 我看著自己

10. 我看著自己
11. 我看著自己
12. 我看著自己
13. 我看著自己

課後提示

你要的不是錢，是錢能換來的東西。

人會為錢所困擾，往往在沒有停下來。

人會為了過去已經發生的花費、未來還沒發生的花費感到憂慮。

請在日常生活中使用口訣。

第四章　希拉密斯塔　莫雷諾

「你的時間到了。」曼尼先生偏過頭去看了看我身後，輕輕抬了抬下巴。

「什麼？」我回頭一看，赫然發現我的背後出現鍋爐大小的漩渦，一路像抽油煙機呼嚕呼嚕反打著強勁的風。我的身體像鐵板上鎖緊的螺絲，被小漩渦越繞越緊，越來越痛。

「再死一次的時間到了！」曼尼先生在會議桌前撐著兩肘，手指優雅地交叉，半垂著眼皮，沉默看著我。

「再死一次？」

我恍神地複述了一遍，看著自己的尾巴已經在小漩渦裡消失不見。

「盡快回來。」

曼尼先生在黑暗中用右手托著腮，眉頭皺了皺。

我的眼前突然一片空白，呼吸跟意識像收緊的釣魚線，以一種箭一樣的速度「咻！」的一聲吸進漩渦裡，整個人瞬間窒息。等我喘過氣來，已經又站在曼尼多大樓樓頂，背頂著水泥短牆，低頭看著皮鞋跟樓下的燈光。

「天哪！又來一次……」

不等我話說完，身體重新又向地面落下。我頂著斜風，百般無奈，眼神渙散，如飛鳥般以盡量優雅的姿勢下墜。

「太慘了……」

我一面噙著淚水，一面看著玻璃螢幕上如箭一般倒立下墜的倒影；將雙手緊緊抱在胸前，勇敢地面對即將來到的強烈撞擊。

「咦？那是什麼？」

突然，在我下墜的身體倒影下，有一個龐大的身體下墜得比我更快。

「碰！碰！碰!!」

在我撞擊地面的同一刻，另一個身體幾乎同時抵達地面，發出一聲「鏗！」的金屬敲擊聲。

「什麼東西?!」

在我完全失去意識之前，我的眼球奮力向旁邊望去，隨即撞擊進眼眶，在深夜裡瞥見一片空白。

在我靈魂飛出來的時候，他已經站在那裡。

他頭上斜斜倒插著一個火炬形狀的金色獎盃，垂著肩膀看著路燈下的兩具屍體，拱起的身體就像高高壘起的大象糞堆，一動也不動。

他的面前趴著兩個「大」字形屍體，一個是我的，一個是他的。我向著光往前看去，被眼前怪異的死亡姿勢嚇得幾乎要吐了出來。

他的肚子已經像氣球一樣裂開了，黃色的脂肪混著血水黏糊糊地濺在我的身上，浮腫的身體像發泡過久的豆腐包，「大」字型張開的左手輕輕跟我的右手碰在一起。

看著自己越來越狼狽的屍體，我臉部的肌肉立刻抽緊了，眼眶一陣泛紅。風颳了起來，混雜著腐臭海鮮味道的空氣隨著大樓狂風送了過來，我忍不住用力乾嘔，在他身後發出巨大的回聲。

「嗯……」

他回過身來，後腦勺的獎盃上上下下無力地晃動著，臉上滿是鮮血。濕潤閃亮的小眼睛骨溜溜轉了轉，五官痛苦地扭成一團。

「sh……sh……shit!」

像是忍耐很久似地，他的咒罵聲像深水裡爆炸的砲彈，又沉又粗又快。

我倒抽一口涼氣，全身僵硬了起來。

他拚命晃動腦勺，像被大黃蜂螫了似地邊尖叫邊掄起了拳頭。

我愣了一下，向後退了一步，心裡緊張得直打突。

「誰推我?!」他大喊著，砰然坐倒在地，潑起一片血水花，滿臉漲得通紅。

「誰——推——我！」他的背彎成了弓形，往我的屍體身上捶了一下，震得我搖搖晃晃。

我的呼吸糾結了起來，慢慢握緊拳頭，往前踏了一步。

「這是一個被謀殺的鬼魂吧……？」我心慌意亂地想著。

「嗚嗚嗚……腳，嗚……嗚嗚……腳……腳？」倒在我們屍體面前，這個新來的鬼魂瘋狂地搖頭。

像是壓抑什麼似地，他的胸部劇烈起伏，全身不停發抖……

聽著他斷斷續續的抽噎聲，我深吸一口氣，強迫自己冷靜下來，頭開始痛了起來。

「嗚！嗚！嗚——」

像受了什麼委屈似地，他身子一軟，雙手抱頭俯倒在我的屍體上，低低地乾嚎啜泣著。

我陷入了兩難。

「你還好嗎？」我試探著問了一句，他沒有回答。

「還好嗎？」我蹲了下來，摸摸他弓起的背脊。

他回過身，用力抱住我。

「怎麼回事？」我問。

他左右搖擺地顫抖著，眼看一口氣就要順不過來。

我僵在原地動也不敢動，心裡抱持著一點猶疑，慌亂已經消退了許多。

「唉……」我下意識地嘆了一口氣，不安地想起曼尼先生的叮嚀。

「諾曼尼，盡快回來！」

「快回來!!」

百般無奈。

我拖著抽抽噎噎的胖子吃力地飄上頂樓，任由地上捲起的旋風颳亂落葉，留下一地寧靜的夜光。

會議室裡靜悄悄的，房間裡滿是曼尼先生的鼾聲。

我們並肩站了一會兒，傾聽飄浮在黑暗裡「吸氣—呼氣—吸氣—呼氣—」的喘息，朦朦朧朧不說一句話，渾身飄飄蕩蕩。

「這是曼尼大樓……」我在胖鬼魂的耳邊輕聲說著。

「喔。」他若有所思地回應著，一動也不動。

「我知道。」他說。聲音冷冰冰的，雙眼直勾勾地望向前方。

「你知道？」我說，遲疑著看了他一眼。

「你為什麼知道？」

他沒有回答，低頭看了地板一眼，舔了舔嘴唇，顯得有點意興闌珊。

我突然厭煩了起來。就為了這個？

我在心裡翻了個大白眼。就為了這個不相干的死鬼，讓我蹚了一地的渾水？

我深吸一口氣，心情突然非常低落。

這是一個解開死結的關鍵時刻。嚴格來講，本人還在進修階段，犯不著管人閒事，招惹一身是腥。

曼尼先生會不會氣我又帶了個拖油瓶過來？我的課程會不會突然中斷？我

望著玻璃窗上自己的倒影，禁不住扁了扁嘴。濃黑色的玻璃板上，一團鬼火飄了過來。胖鬼魂像是被蜂螫了一下，突然一震。他拋給我一個畏縮的眼神，張嘴想說點什麼，又嚥了回去。手向我的胳膊摸了過來，緊緊抓住。

周圍黑得可怕。

那團鬼火虛空懸浮在我們面前，綠螢螢發出幽魂般的輝光；突然光芒一閃，瞬間溢出一股刺鼻的臭氧氣味，伴隨著一串乾木柴的爆裂聲，霧化出一個人影。

「吵死了！」

曼尼先生走了出來，他雙手交叉攏在腋下，下巴埋進了胸前，兩眼陰沉地瞪著我。

我的腦子裡啪搭一聲醒了過來，慌忙豎起背脊，大聲喊了起來。

「對……對……對不起……」我說。

曼尼先生微微低下頭，像是打量什麼似地輕輕晃動身體，像是沒聽到似地，突然加快速度走了過來。

「我帶人……，」我喊了起來，「我帶了人來！」

一眨眼的工夫，他突然到了我面前，一把扼住我的喉嚨。

「諾——曼——尼！」

嗓門幾乎要喊破我的耳膜，「幹什麼去了?!怎麼那麼久?!」

曼尼先生的聲音把我眼淚都震了出來，我舉起雙手，耳朵嗡嗡地直鳴。就在我正要跪地求饒的時候，胖鬼魂的頭突然擰向後方，用雙手抱牢曼尼先生，傾身親吻他的臉。

「啊——！」

曼尼先生大叫一聲，腳跟不穩，蹣跚向後，恍惚著放開箍住我的手，將我留在原地。他的視線停在胖鬼魂身上，一臉的蒼白，突然一把攫住他的手腕，發出很輕很輕的驚嘆聲。

「二、二弟……？」

他綠色的眼珠幾乎要從眼眶裡凸了出來，太陽穴的血管砰砰搏動；頭髮雷擊似地根根站立，滿臉惶恐與困惑。電燈突然亮了起來，房間裡的每一個角落都大放光明。我們三個人面面相覷，全都睜大了眼睛——

「大、大……」

胖鬼魂的嘴巴向下一咧，像條魚似地巴拉巴拉開合著。

「大哥！」

像是再也忍耐不住，他一把抓住曼尼先生的肩膀，嘶喊著撲了上去。

「大哥啊……」胖鬼魂抽泣道，「我來了啊！」

他慟哭起來，淚水汩汩而下，雙手緊緊揪著曼尼先生後腦的頭髮，臉上全都變了形。我踉蹌幾步，退了開去，滿腹的疑惑。哥哥跟弟弟？難道他們是兄弟？我注視著胖鬼魂的後腦勺，心思往四面八方散了開去。

「果不然，剛剛胖鬼魂說他認識這裡……」

我嘀咕著，凝神盯著那道坎痕，心裡茫茫然恍惚起來。兄弟倆以死相聚，真是讓人感慨。我望著後腦勺上微微搖晃的金色基座，突然對這一切充滿難以言喻的無限感傷。

曼尼先生抱著胖鬼魂輕輕搖擺了起來，他在胖鬼魂耳邊囈語著，顯然問了他點什麼。我沉默地站在一旁，突然有點侷促起來。

他的雙眼轉向了我。

「諾曼尼……」曼尼先生的眼睛清亮極了。

「曼氏家族是由我『曼尼多』創辦的，一直由曼氏三兄弟掌握全部經營權。我的二弟叫『曼尼很多』，最小的弟弟叫『曼尼多很多』，是曼氏企業的主要負責人跟股東。」

胖鬼魂的頭深深埋在他的胸前，沒有抬頭，沒有發出任何聲音。

「從小，我二弟就很胖，最小的弟弟很黑。」他緊緊擁著胖鬼魂，輕輕摩擦他的後背。

「所以我都叫二弟胖曼尼，小弟黑曼尼。」

曼尼先生長長舒了一口氣。

「他們都是曼尼企業的繼承人，但是主要經營者是我的小弟，二弟是家裡的米蟲。」

胖鬼魂抽著鼻子直起身體來。

「諾曼尼，他是被人敲昏以後推下來的。」曼尼先生頓了一下，深深地看了胖鬼魂一眼。

「他說是我小弟幹的！」

曼尼先生的背拱了起來，我注意到胖鬼魂的眼睛眨了一下，表情變得很僵硬。

「為什麼呢？」我問。

「為了錢！」

曼尼先生突然站了起來，地獄般的聲音迴盪在房間裡。

「哦……」

胖鬼魂激動地抽噎起來，曼尼先生頓了一頓，伸出手來拍了拍他的肩膀。

「我兩個弟弟在十幾天前合買了一些彩券，沒想到中了一大筆彩金，今天是兌獎日。」

胖鬼魂擤了擤鼻子，眼睛對我眨了眨，我發現他有一種老鼠般警醒的眼神。

「我們家老二說，老么想要獨吞彩金，就把彩券藏了起來，準備跟他談分成。」

胖鬼魂看了曼尼先生一眼，重重吞了口口水。

「分成還沒開始談，兩個人就吵了起來，順勢大打一架。我最小的弟弟一時失手，就把他推下來害死了。人聽說藏在附近不知道哪個新買的公寓裡，沒敢回家。

「真不敢相信，我的弟弟殺了我另一個弟弟。為了那點錢……那麼一點點錢，弄得兄弟『不得好死』！」

曼尼先生的聲音高揚起來，激動的聲音伴隨著一陣咳嗽。

「咳咳咳！咳咳咳！」

曼尼先生久久喘不過氣，像是快要窒息的從喉嚨深處發出地獄一般的聲音說：「CELAVISTA MOLETO……」

曼尼先生的話迴盪在會議室裡，久久不能停息。

「CELAVISTA MOLETO？」我感到不能理解。

曼尼先生用香菸在空氣中用力寫了出來，像是在石頭上刻著復仇誓言。

「這是一段用梵文寫成的家族教條，原意是指『一切所為都將有回報』。」

「一切所為都將有回報？」

「是的，」曼尼先生嚴肅地板著臉說，「我將讓小弟的行為得到應有回報。」曼尼先生的背拱了起來，「這是我的責任，也是我家族的榮譽。」

「諾曼尼，你跟著我去找兇手。少說話，多留神，聽我的指令做事。有沒有問題？」

我點了點頭，為即將發生的一切感到些微的興奮與好奇。

第五章　精神病

「深呼吸，好好憋住一口氣。」曼尼先生認真地說，一面拿起圓盤大的頂燈燈泡。

「要做什麼？」我問。

「我們要偽裝。」

「偽裝！」我幾乎尖叫起來，眼睛睜得像被摩托車輾過。

「當鬼的還要偽裝?!」

曼尼先生沒有回答，像拔出一把劍似地緩緩抽將出胖鬼魂頭上的獎盃，面無表情地指著馬蹄形會議桌，示意他躺下來。

「你以為我們有什麼了不起？喔，就這麼囂張啊？出門能不低調一點？」

曼尼先生像貓一樣拱起身體，「噗哧」一聲把胖鬼魂的頭壓成一團大肉球，濺出幾點不知從哪來的小水滴。

「嗚?!」我摀著嘴看著胖鬼魂的小眼珠在肉球裡慢慢移動，忍不住發出驚呼。

「鬼的身體是可以跟周圍的景色融在一起的，跟變色龍其實差不多。」曼尼先生撥了撥臉上的水珠，費力地咬著牙把胖鬼魂的腦袋揉成一個大麵團。

「可是我們的臉是隱藏不了的。這也是為什麼人們很容易在照片裡看到鬼魂的臉，卻往往看不到身體的原因。」

「啊——痛！痛！痛！」胖鬼魂呻吟起來，曼尼先生滿頭大汗地把頭搓搓細，扭成小毛巾的大小，灌香腸似地用力塞進燈管裡。

「為什麼要偽裝成燈呢？」我問，一面認真壓著胖鬼魂的身體，幫著曼尼先生把剩下來的贅肉塞進去。

「還有什麼比燈更能看清楚房間裡的東西？」曼尼先生拿了根筆不斷戳進燈管裡，滿頭是汗。

我們相對看了一眼，忍不住笑了起來。

等我把自己偽裝完畢，我看到曼尼先生戴著特大號燈罩站在落地窗前的背影。

「要開始了，諾曼尼。」

他的右手高高舉起，一根手指向著天空，左手勾著胖鬼魂的脖子，月光把他的陰影拉得巨大而修長。

「我們即將移動得像電一樣快。拉好衣角，收起尾巴，保持安靜……」

「出發！」

曼尼先生的聲音迴盪在房間裡，我和胖鬼魂緊緊靠著曼尼先生，我發現頂上的燈光異常明亮，四周圍的桌子像被熱水煮沸一樣緩緩搖動，發出輕輕的碰撞聲。

「認真找，有可能就藏在這幾個房間裡。」曼尼先生在我們的耳邊說著，吐出來的呼吸幾乎噴在我的臉上。眼前的景物火山一樣地融化了，開始扭曲變形……

「咻！」的一聲，我們像閃電一樣投向另一個空間。我的眼神與意識「擦」的一聲進入空白，曼尼先生最後提醒的聲音說：「安靜，保持安靜。」

等我看清楚的時候，我發現自己漂浮在一個鑲滿水鑽的馬桶上，底下脫光了衣服、頭頂稀疏的女人正在用力，房間裡飄散難聞的味道。

「這裡很漂亮啊……」胖鬼魂望著四面鑲上水晶的落地鏡，好奇著身體往前伸了伸。

我皺了皺眉頭，扁起嘴沒有回應。

「不在這裡。」曼尼先生壓低聲音跟我說著，無奈地聳聳肩。

「嘩啦——」

底下的女人用了沖水馬桶，粗魯地拉起內褲，像個肉店老闆似地搖搖晃晃往外面走，在更衣間的甬道上打開壁櫃，發出一聲嘆息。

「哇——」

胖鬼魂一聲驚呼，輕輕用手推推我。

走道壁櫃裡的燈打開了，牆壁上出現一個擺滿各式各樣的假髮的展示櫃，假髮上的玻璃絲保護罩上似乎編上識別號，小水兵似地排排站好。

「一百……兩百……三百……八百八十！」

胖鬼魂壓低身體往前數了數，忍不住驚呼起來，黑乎乎的小眼珠睜得老大。

「諾曼尼，」曼尼先生用手拉拉我的衣角，在我耳邊壓低了聲音說著。

「富有卻奢侈的人，是**對金錢麻木**的人。」

我轉過頭，對他露出一個疑惑的表情。

「他們只會不斷地使用金錢，卻很難從金錢裡得到持久的幸福跟快樂。」

曼尼先生綠色的眼珠閃了一下，露出一種慧詰的光芒。

「咦？她不是用錢換了八百八十頂假髮嗎？那不是讓她快樂的東西嗎？」

曼尼先生咂了咂嘴，對我笑了笑。

「那個東西**帶來的快樂無法持久**，她消磨了她的金錢，快樂的感覺卻很快消失了。」

「快樂的感覺消失了？」

我看到底下的胖女人對著鏡子很不滿意地看著自己，一整櫃的假髮似乎讓她非常鬱悶。

「為什麼她會拿錢去換這樣的東西呢？」我問。

「因為他們沒有花時間想過，什麼事情能讓自己真正的快樂，什麼事情對自己真正重要……」

曼尼先生對我眨眨眼。

「你不知道好好花錢是一件很難的事嗎？」他聳聳肩轉了個身，擺擺手招呼我們游出房間去。

當我們抵達第二個房間的時候，一個微弱的哭泣聲吸引了我們的注意。胖鬼魂急急往房間裡面竄去，居然一把撞在壁燈上，忍不住罵了一聲。

「該死！」

曼尼先生轉過身瞪了了他一眼，噘起嘴巴「噓」了一下。底下的聲音，哭得更響亮了。

「閉嘴!!」一個女人尖叫道，「不要再說了！」

在我們的腳底下，一個身材瘦弱的女人站在那裡，兩隻手抱著一堆衣服，失控地啜泣著。這個女人看起來不過三十歲，在這個年齡上，原本不應該這麼沒有矜持，看起來潑辣又衰老。

「該不會有精神病吧？」

我螺旋向下漂浮，湊近看個清楚。那個女人忽然嚎叫了起來，把滿懷的衣服往前一摔，砸中一個年輕的男子的前額。

「不要再買了！」男子雙拳緊握站在房裡，麻木地站在那裡，看著女人的眼神參雜了憐憫與憎恨。

「我們這個月房貸要付不出來了！」

他的聲音低沉，像是忍著什麼痛苦……

「閉嘴！閉嘴！閉嘴!!!」

她又打了男人兩拳，臉上漲得又紅又紫。

「我自己賺的錢怎麼花是我的事！你管什麼管！」女人尖叫的聲音響得超

出了聽力的範圍，胖鬼魂對著我做了個鬼臉，用力摀住耳朵，往旁邊一擺游了過去。

我抬頭看了曼尼先生一眼；他兩隻手交叉攏在胸前，麻木地俯視眼前著一切。

「唉……」他深深嘆了一口氣。

「沒有錢卻很敢花錢的人，是**對金錢懦弱**的人。」

我愣了一愣，底下的女人還在顫抖著。

「懦弱的人不想對長久行為的結果負責，他們只想滿足當下的快感。」

「他們為什麼會只想滿足當下的快感呢？」我問。

曼尼先生閃過身去，神情冷淡地對我說：「他們誤以為**享樂就是快樂**，同時逃避承擔享樂的後果。」

「她不是正在承擔嗎？聽起來她的房貸都快繳不出來了耶……」我一臉的疑惑。

「她在指責先生，指責命運，逃避面對真實的後果。這種人無法駕馭自己的衝動，事後又來怨天尤人，這就是懶散，就是懦弱。」曼尼先生把我拉進，在我耳邊說。

「諾曼尼，你有沒有犯了這種錯呢？」

我愣了一下，試著回想過去幾十年來的心態跟態度，心頭禁不住一凜。

「嗚嗚嗚……」

底下沙啞的嗚咽聲傳了上來，胖鬼魂皺著眉頭對我們說。

「我們可以走了嗎？」曼尼先生回過頭來靜靜盯著我看了一會兒，搭著我的肩膀後仰著身體，帶著我像條魚似地游了出去。

前往第三個房間。

或許是偽裝的能力有了長足進步，也或許是遭遇傷心事情的人容易精神渙散，我們輕鬆地漂浮在一個棺木旁邊，低頭看著一個老太太入殮。我的左手邊站著一個年輕的女人，戴著麻衣、麻帽，臉上一片死白。一個小男孩抱住救生圈似地摟住她的腰，像被獵人陷阱捕住的小狼，安安靜靜地望著棺木。

對面的男人看來大受打擊，神情恍惚。他彎腰查看棺材裡弱小的身體，拉拉她的衣領，摸摸身上的陪葬品，嘴唇沒有發出聲音地翕動著……眼神裡似乎若有所思……

棺木裡的女人躺在我們面前，雙手交叉攏起，眼睛低低向下垂放著。她的皮膚像陶瓷一樣死白，薄薄的嘴唇細細抹上焦紅色的口紅，像個包裝精美的洋娃娃倒向一邊。我們互相對看一眼，全都沉默了下來，忘了自己身在何處。

「媽……」

女人啜泣起來，發出一種小動物倒在陷阱裡的嗚咽聲。她用手帕壓住嘴唇，身體不住地顫抖。

我發現對面的男子似乎激動了起來，呼吸聲變得粗重急促。我定神一看，發現他的眼睛在眼窩裡翻動，渾身充滿一種蓬勃的生命力，似乎蓄積而動。

「你安心地走吧……我……」女人微弱的嗚咽聲微弱得幾乎支離破碎。她的話沒有說完，對面的男人突然撲向前去，雙手伸進棺木裡，如飢似渴地拉扯什麼東西起來。

我們三個人全都嚇了一跳，往旁邊跳了過去。

「爸！」

那個女孩子突然大喊一聲，掙扎著想擋住老人的手。

「爸！不要！」

那個女人吼叫著，老人已經充耳不聞，他的臉激動得皺成一團。

「你媽又帶不走。」

他嗚咽著轉動屍體上金項鍊的鉤子，任由眾人拍打他的身體，在憤怒聲中將項鍊拿了出來。

我睜大眼睛望著曼尼先生，不可置信地對他攤了攤手。

曼尼先生拉著我慢慢飄浮下去，充滿同情地看了看棺材裡瘦小蒼白的女性屍體，回過頭對我眨眨眼。

「諾曼尼……有錢卻捨不得花錢的人，是**對金錢上癮**的人。他們**忘了聚斂金錢的目的**，一生都無法享受金錢。」

曼尼先生看著老先生餓了似地將鍊子塞進褲袋裡，搖了搖頭。

「對金錢上癮的人，永遠無法因為得到金錢感到滿足。他們的渴望永無終止，麻煩不斷。當他們得到金錢的時候，更容易沮喪、困惑、不安。他們不懂得使用金錢，最終成為金錢的奴隸。」

曼尼先生的身體在天空中轉了個圈，表情冷漠地對我們說：「別管這個老奴隸了。兄弟們，抓緊時間往下一個地方找去吧！」

當我們前往第四個房間的時候，我很確定有人在看著我。

我瞪大了眼睛，視線在周圍掃來掃去，什麼也沒發現。

曼尼先生在前面大聲抱怨了起來。

「搞什麼啊？」

他在半空中停了下來，眼神發亮地盯著胖鬼魂：「你到底要帶我們去哪裡?!」

胖鬼魂的臉色陰沉了下來，他露出苦澀的笑容，不置可否地聳了聳肩膀：

「如果你累了的話，不如……」

「什麼累不累?!」

曼尼先生鐵青著臉，惱火了起來：「人到底在哪裡?!」

他咒罵著，胖鬼魂的眼神呆滯地看著前方，一句話也不敢回答。

我盯著四周的樹林，聽著樹葉摩擦「沙沙」的聲音，突然升起一種不祥的預感。腳下的廣場裡，突然傳來一陣騷動。

「砰！」廣場下圍著的人群散了開來。

「我們要走了。」

產婦的先生推著一輛小拖板車，粗魯地把產婦放在車子上。對著面前的醫生護士們嚷嚷著：「我們不住院，沒錢。」

我和曼尼先生相對看了一眼，眼睛睜得很大。

胖鬼魂急著往前湊過去，回過身來對我們使了使眼色。拖板車上的嬰兒用一件運動衫包了起來，露出青綠色黏滿胎衣的頭頂，產婦氣喘吁吁地躺在車子上，側躺著身體看起來非常虛弱。

「太危險了！我們要檢查一下！」禿著頭頂的醫生拉著產婦的先生。

「哇——哇——哇——」

小嬰兒在板車裡放聲大哭起來，曼尼先生挽著我的手用力蹬了一下，遠遠往路燈旁飄去。

「缺錢而又不敢花錢的人，是**對金錢恐懼**的人。」曼尼先生皺著眉頭摀住耳朵，長長地嘆了口氣。

「他們**對自己掌控金錢的能力失去信心**，常常陷入一種自怨自艾的心情裡。」

「自怨自艾？」我恍著神說，看著胖鬼魂在腳底下的拖板車旁游來游去，對著小嬰兒做鬼臉。

「我知道那個爸爸口袋裡還是有點錢的。」曼尼先生點起一根菸，對著下面吐了一串煙圈。「但是他對金錢生起極端而負面的情緒，根本就是一種情緒上的放縱。」

「放縱？」我問，一面用力捻著手指，試著從空中點起菸來。

「只有放棄努力、放棄面對困難的人，才會認為自己必須保留任何一分錢，活在恐懼裡。」曼尼先生探過身來幫我點起菸頭。

「他們認定自己一輩子不可能得到財務上的舒緩，放縱自己不再掙扎。簡直是金錢的十八層地獄……」

我滿足地深深吐了一口煙，享受起旁觀者的輕鬆感，回頭對曼尼先生笑了笑。

「看來這裡什麼也沒有……」

曼尼先生在半空中咕噥，眼神顯得很冷淡。

「啊──」

突然，拖板車旁的胖鬼魂放聲尖叫起來。偽裝用的大燈罩在半空中像是被鱷魚咬住一樣往後扯動，我和曼尼先生跳了起來，蹬起尾巴往下探去。

「不是我──不是我害的──！」

就在我們那個電光火石的瞬間，胖鬼魂突然從拖板車旁消失不見，留下刺耳的尖叫聲在醫院門口搖盪，驚嚇了當場的許多活人。

「什麼聲音？」

現場議論紛紛，更加亂成一團，嬰兒的哭聲更響了。

我回頭看著曼尼先生，他的臉色跟冰凍了三個月的豬肝一樣鐵青，我忍不住推了推他的肩膀。

「喔……」

像是回過神來，曼尼先生燈罩裡的光芒暗了下來。

「諾曼尼，我二弟死前恐怕與人結怨。」

曼尼先生揉揉眼睛嘆了口氣。

「我得想個辦法把他死前發生的事情弄清楚才行。這傢伙講話不清不楚，怕是有什麼隱瞞。」

我看了看他，輕輕點了點頭。

「我們該怎麼做呢？」我問。

「回大樓去吧，我有辦法。」曼尼先生說。

拉著我蹬起尾巴，往天空絕塵而去。

第六章　最大跟最小

當我們飛回大樓裡的時候，沿路靠著路燈做了掩護。曼尼先生領著我像跳磨菇似地越過一個個電線杆，一路上心事重重。

滋——

當我們的身體輕輕壓在電線上的時候，路燈閃爍了一下；曼尼先生的背影突然停了下來，轉過身來靜靜看著我。

「諾曼尼。」

他背後盤子似的月亮大大地在他身後繞了個圈，像是戴上一個銀色的光環。

「剛剛那些人，也是為錢而苦呢……」

逆著月光，曼尼先生綠色的眼珠像夜晚海邊的礁石一樣閃閃發亮。

「是嗎？」我似懂非懂地點點頭，模模糊糊地回想著剛剛看見的金錢故事與人生。

「諾曼尼。」

曼尼先生拉著我迎風站在電線杆上，銀白色鋼絲般的頭髮被吹了開來。

「從剛才的人身上，你看到他們用哪些方法處理金錢呢？」

一陣風吹來，我禁不住打了個冷顫。腳邊的路燈因為電壓不穩，不約而同地閃爍起來。

「從剛才的人身上，你看到他們用哪些方法處理金錢呢？」

「哦……」

我想了一下，小心翼翼地回答。

「買假髮的太太把錢花掉，沒錢繳房貸的年輕太太也把錢花掉，幫太太入殮的老先生選擇把錢盡量留下來，剛當爸爸的年輕人是一點錢也不願意掏……」

「哦……嗯……」我抓著頭想了一下，雙手一攤，下了個結論。

「總之他們不是選擇花掉，就是選擇不花掉。」我搔了搔頭，覺得這是一個實在不怎麼樣的「鬼結論」。

「不是花掉錢，就是盡量不花掉錢。」

曼尼先生嘴角微微一笑，像隻老虎似地將雙手攏在腋下。

「那麼，他們有誰真正得到快樂了呢？」

曼尼先生的臉側了一邊，一隻不知從哪來的小蟲飛到他的嘴邊，發出「嗡嗡」的聲音。

「嗯，他們看起來都滿不快樂的……」

「喔？」曼尼先生的眉毛突然挑了一下，用手揮了揮嘴邊的小蟲。

「怎麼會這樣呢？諾曼尼？」他抿著嘴笑了起來，「為什麼有錢的、沒錢的、能花錢的、不能花錢的，都因為錢不快樂呢？」

我的尾巴到了這個時候感到有點痠痛。

「嗯……」我的腦袋裡一片空白，只能在電線上彎起腰，企圖閃避掉這種連珠炮似的追問。

「哦，為什麼……，嗯，不是很清楚耶！」

我在電線上搖晃了一下才停下來，大大喘了一口氣。

「諾曼尼，一般人面對金錢，通常會有三種心思跟做法。」

曼尼先生在月光下站得筆直，看來一點也沒有要移動的意思。

「一是及時行樂，二是推遲享樂，最後一種是想辦法多賺點錢。」

「及時行樂的人認為，處理金錢的方式就是馬上花掉，盡快花掉。享樂就是人生高尚的目的，為未來考慮太多是一種信心貧弱的表現。」

我點點頭，想起那個不顧房貸壓力把錢花光的女人。

「推遲享樂的人認為，拒絕金錢現在能帶給你的快樂，才能夠在未來得到更大的快樂——包括一種安全的財務保障。」

我在月光下看著曼尼先生的尾巴，想著自己就是節省一輩子，還在受錢痛苦的死結。

「拚命賺錢避免受錢困擾的人，大概是最慘的一種。這類人最容易成為金錢上癮的人，奮鬥多年弄得自己精疲力竭，疲憊不堪。即使變有錢了也不敢花錢，成為永遠也無法享受金錢快樂的人。他們剛開始是為了要用錢得到某樣東西而工作，到最後卻變成只為錢而工作。」

我眨了眨眼睛，想起那個雖然很有錢，卻把老婆項鍊從棺材裡拿出來的老人，輕輕地「喔」了一聲。

「節制、及時享樂、拚命賺錢都不是讓人從金錢的痛苦情緒中解除的方法。因為這三種應對行為都欠缺了一點東西。」

「欠缺了什麼呢？」

我問，開始變得認真起來。

「缺一個**秤**。」

「秤？」我的眼睛大了起來。

「諾曼尼，」曼尼先生招招手要我坐下來，「想像你拿著茶壺坐在一個移動的軌道小車上，依順序進入一個又一個小隔間。每個小隔間都有一張小桌子，上面擺滿茶杯；你每移動一格，就能向面前的茶杯倒水……」他頓了一下看我一眼，「想好了嗎？」

我點點頭。

「及時行樂的人，就是每進入一個小隔間，就把面前所有茶杯倒滿的人。他們每一年，每個時刻，每個想要的東西，都要立即得到滿足。」曼尼先生低頭看了看懸在半空中的尾巴，輕輕搖了搖。

「他們不管手上茶壺裡的水還剩下多少，也不管小車上的自己接下來還有多少個茶杯要注水；他們重視的是現在的快樂。」

「那麼，」曼尼先生的手指著月亮畫了個「一」，「不管移動到哪個小隔間，桌上茶杯裡的水永遠都注入得很少、零零落落的，就是那些節制金錢的人。」

「永遠都是半杯水啊……」我說。

「是的，他們永遠都是半杯水。」曼尼先生拍拍我的肩。

「他們**想像著**接下來還有非常非常多杯子的水要注入，所以面前的杯子永遠倒得很少，很謹慎。」

「喔——」我點了點頭，覺得自己理解了點什麼。

「最有趣的是拚命賺錢的人。」

「他們把杯子注滿水嗎？」我問。

「呵呵……他們一直往茶壺裡裝水，幾乎不倒出來。」

想到那個畫面，我忍不住抿嘴笑了出來。

「茶壺不夠大了，他們就換個茶壺。一直換、繼續換，抱著茶壺每天摸它，口就不覺得渴了。」

「噗哧！」我笑了出來。

「保持每個注水方式的人心裡都有點疑惑。」

「喔？會嗎？」我說。

「嗯，他們都對自己茶壺裡的水還剩多少、杯子裡的水滿了多少、夠不夠喝、自己最後有沒有過得很寬裕……，這些問題所困擾。」

「他們其實在存錢、花錢的過程中產生了很多疑惑。」

想到自己的「死結」，我用力點點頭，對著曼尼先生指指自己胸口。

「我有沒有充分享受自己人生啊？」曼尼先生像個小學生似地舉起右手。

「我有沒有犧牲未來的安全啊？」又舉起左手。

「這些人的疑惑其實一直沒有停止，痛苦不斷。」

我看著月光下曼尼先生的側臉，感動地點了點頭。

「他們都欠缺一個**最高行動指導原則**。」

「最高行動指導原則?!我還三民主義統一中國咧……」我扁扁嘴，咬著下唇，輕輕咕噥了幾句。

「咳！」

曼尼先生咳了起來，縮起下巴，像隻科莫多蜥蜴舔了舔唇緣。

「什麼樣的指導原則？」我問。

「一個**兼顧現在跟未來長遠利益的指導原則**。」

「喔？」我的精神完全警醒開來，臉部微微發漲。

「那是什麼樣的行為指導原則呢？」我問。

「**最大跟最小**。」

曼尼先生微笑著蹲了下來，像隻貓頭鷹似地微微向右點了點頭。

「最大跟最小？……什麼最大又最小？」我的眉頭越皺越深，感覺自己被逗弄得很厲害。

「**最大的快樂和最小的痛苦。**」

「嗯？」

尾巴在寒風中微微抖了起來，我的臉因為僵硬的身體痛苦地扭在一起。

「怎麼說？」到了這個時候，我已經很想趕快離開這裡了。

「我發明了一個簡單好記的幸福公式。」曼尼先生滿足地笑了笑。

「是什麼樣的公式呢？」我問。

「聽好了，我只講一次。**快樂點數減掉財務痛苦點數等於幸福點數。**」

「這是什麼？」我感到很新鮮。

「買任何東西都能帶來快樂的感覺，也會對你的財務現況造成實際減少跟影響，對吧？」曼尼先生講得口沫橫飛。

「我們盡量把快樂的感覺跟財務影響的現況變成心理點數；用具體加減評分的方式，讓你的每一個決定都變得更快樂、更有效率，就像拿了個秤、秤好重量一樣。」

「喔——」我驚呼一聲，簡直像發現新大陸。

「你在做每個艱難困惑的財務決定時，這個簡單的公式能幫你**兼顧現在跟未來長遠利益**，讓每一個購買行為為你帶來**最大的快樂**和**最小的財務傷害**。」曼尼先生轉過身來深深看了我一眼，「就像為你做的事情**秤重一樣**，你自然會知道怎麼花錢、怎麼下重要的財務決定。」

「為什麼這個方法可以避免前面三種痛苦呢？」我滿是疑惑地問。

「及時享樂的人不顧長遠的利益，對未來可能造成財務傷害；節制生活的人不顧當下快樂，推遲享受，長久下來可能會虛度人生，浪費青春；金錢上癮的人誤認累積金錢的目的，所做的努力對未來與現在的快樂毫無累積……。這些人都是找不到快樂跟長遠財務利益的**最大利潤點**。」

曼尼先生停下來，吞了口口水。

「這個公式就是要解決這個問題。要不要現在就來試試看呢？」曼尼先生說，一面拉著我飄到路燈下的矮牆上，隨手拿起一塊剝落的紅泥磚。

「我們來練習一下好嗎？」

我點點頭，往四周看看有沒有人經過。

「想像你今天出門逛街了……」曼尼先生拿起紅磚塊在灰泥牆上畫了一個小人。

「為了同學會準備合適的衣服打扮自己……」他在小人旁邊畫了件衣服，又在衣服上繞了個圈圈。

「現在你進去Armani的服裝店。」曼尼先生畫了一個打開的大門，上面畫了個招牌。

「看上一件標價兩萬台幣的西裝外套……」曼尼先生轉過身來看了看我，問道：

「諾曼尼，你該不該花這筆錢呢？」手向我一指。

「嗯……」我皺起眉頭想了一下，沒有回答。

「這時候……」曼尼先生的聲音高了起來。

「你把自己穿上衣裝參加同學會的樣子想過一遍。」

我閉上眼睛，手托著腮想了起來。

「一到十，你把那種在眾人面前高帥挺拔的快樂感覺，打個分數。」

「八分。」我閉著眼睛很快地說，手指很有信心地向上點了點。

「好的。」曼尼先生在這個時候看起來非常高興，「花這兩萬塊錢，對你現在的財務狀況影響。你打個分數，也是一到十。」

「八分。」

想著我完全見底的現金存款，我很快地回答。

「好了！」曼尼先生大喊一聲，引得我把眼睛張了開來。

「八分減八等於零分。」

曼尼先生很快地在灰泥牆壁上寫下這個算式。

「你買這件外套能獲得的幸福點數是零分，再喜歡也不能做。」他對我笑了笑，滿意地叉起雙手。

「所以……」我壓低了聲音輕輕舉起右手。

「假如說，我同時想換一台電視，又想買這件外套；也可以用這個幸福計算式來分辨囉？」我問。

「當然——」曼尼先生的情緒越來越高昂了。「你可以馬上計算出來電視帶來的幸福點數，跟外套比較一下，馬上可以算出來哪樣東西更適合買入。好玩吧?!」

曼尼先生滿意地摸著臉頰，對我揚了揚下巴。

「每一個購買的行為都要盡可能的帶來最大的幸福跟最小的痛苦……」我低聲複述著，想把這句話牢牢記住。

「一件事情該不該做，是**以它能為我們帶來多大的幸福來判斷**的啊！」我輕輕地點頭，感覺一些東西在理解融化中……

「說得好！」

曼尼先生在路燈下溫柔地拍了拍我的肩膀，我們相視一笑，周圍的氣氛安詳地不得了。

滋——

我的眼前突然閃了一閃。

啪！啪！

路燈突然斷了電，四周圍陷入一片黑暗。

我們靠著的斑駁紅泥牆裡傳出氣球爆裂般的狗吠聲，把我和曼尼先生的身體嚇得往牆後退了幾步。

「嗯……」

曼尼先生在黑暗中緊靠著我的肩膀，身體微微抖動。

「不好了，」他說，「有人動用了曼尼大樓的電梯……」

「電梯？」

我在黑暗中感到疑惑，側著身體向他看了看。

「就是啟動那個電梯才會讓周圍路燈都熄滅了。」

曼尼先生緊張地深吸一口氣……胸前激動地起伏著。

「malevano balifano……kunavani bulando……」他唸著這個不知哪來的咒語，一面快速在胸前畫著十字，緊緊地釦住我的脖子。

「快走！出事了！」

像條狗一樣，我被緊緊拴著，往曼尼大樓的地方飛去。

現實連接

如果有人問你，什麼是「正確的」花錢方式？你恐怕支支吾吾難以回答。這個問題就跟什麼是「最好的」生活方式一樣，讓人感到非常困惑跟懷疑。我們其實很難向別人說清楚，自己相信些什麼，又以什麼樣的信念原則引導生活著。

我們無法澄清、思考、解釋自己的行為，過得就像夢境裡的人。

「那又怎麼樣？」

你噘起嘴巴不以為然地說。

「大家不都這樣過嗎？」

你像曼尼先生一樣點起菸，滿不在乎地對我噴了一個小煙圈，撥了撥你的頭髮，習以為常的憤怒情緒。

停下來，我的朋友，請你深吸一口氣，

我們的生活需要一種「原則」，就像魚兒需要水。

花錢是生活中最常使用的行為，更需要一種**堅定的原則**，幫助我們對自己及未來保持洞察，做出更好的決定。

這種洞察能幫助你：面對日常生活中的許多混亂；激勵你的思想，引導你的生活，讓你把最困難最複雜的處境，變得有意義；更好的生活與行動。這是一場有價值的思考學習。

「原則」就是我們內心裡相信的道理，它在我們腦袋裡影響我們的行為，幫助我們做出各種決定。它是決定行為的關鍵，就像心臟之於身體。當我們告訴別人，「我是一個有原則的人」的時候，往往表明自己的想法非常堅固，有次序。我們很清楚自己行為的界線，知道什麼樣的生活狀態值得奮鬥，什麼是不應該做的；能明白而有自信地做出各種抉擇。

我們依原「原則」行動，依「原則」生活，被自己相信的東西主宰著；我們是自己「原則」的奴隸。在花錢這件事情上，擁有不同「原則」的人會做出不同的決定。就像諾曼尼看到的一樣，每種類型的花錢行為都源自一種對錢的認識與信仰。

故事裡的主人們依著自己對金錢的認識原則而行動著，結果卻是讓人失望。他們都沒有因為使用金錢過上快樂美好的生活，浪費了人生。從結果上看，這些人都因為把持了不正確的「金錢原則」，最終收穫不快樂的生活。他們或是沒有善用金錢的效益，或是沒有顧及長遠的利益，在金錢的思考上邁出錯誤的一步。

他們誤解了金錢，浪費了金錢，沒有讓金錢為我們的快樂跟美好而服務，虛度一生。

我們永遠要記住，**最好的金錢使用原則，就是讓我們獲得快樂的使用原則**。花錢就是要讓我們快樂，這個快樂不能因為最終導致的痛苦和不安而抵銷，這是一個簡單明瞭的道理。

「什麼是使用金錢的快樂原則呢？」

你進一步問我，搔搔你的頭髮，眼神裡滿是疑惑。這確實是很需要進一步釐清的問題。

所謂快樂，指的是**內心的滿足感或活得好的感覺**；這是一種＝**內在的感受**。

既然是「內在的感受」，所謂的快樂生活就有很大的個別差異。

有的人會認為，沒有壓力的海邊生活是滿足快樂的，「遠離壓力」讓他感到幸福。有的人卻認為，不斷挑戰是滿足的，這種人會因為「克服壓力」感到快樂。

我們可以說：所謂「快樂」是一種「內在的滿足感」，是一種個別差異很大的感覺。它的特徵就是「個別化」。

同樣地，真正的快樂指的是**內心長時間持續的康寧舒適感**，不是短暫的無休止的慾望滿足。一連串的享樂經驗只會刺激更多的享樂慾望，讓你忽視去經營能產生長時間康寧舒適感的活動，對未來產生壞的結果，最終造成痛苦。

這種「享樂」不能稱為「快樂」，只會破壞你的幸福。

由此可見，所謂「使用金錢的快樂原則」，就是指「為了滿足每個人內心特殊的、長久的康寧舒適感而花錢」的使用原則。

我們可以說，任何符合**個別**內心**長久**滿足的購物行為，就是正確的花錢行為。它不違背我們信仰的「快樂原則」，將讓你收穫幸福的生活與人生。

同樣地，任何購物行為，都為滿足每個個人的特殊幸福感。我們應當尊重自己特殊的「滿足目標」，也尊重別人特殊的「滿足目標」，不苛責自己花錢購買幸福，不批評別人花錢購買幸福，讓金錢為我們的幸福與美好而服務。

親愛的朋友啊，請不要再為了你的伴侶該不該買這雙鞋而憤怒生氣，也不要再為了自己該不該買下眼前這個小玩意而猶豫不決。如果這個東西在你內心裡帶來的快樂跟滿足感非常充盈，你就應該拿錢換快樂，拿錢換滿足。也應該理解別人在拿錢換快樂，拿錢換滿足。

你要理解的是，富有在很多時候，**只是**一**種感覺**。只有在你心安理得、隨心所欲地使用金錢滿足自己、帶給自己快樂的時候，你才能稱自己為**富有的人**。衣服可以保暖，但是熱量並不是來自衣服。請你把「快樂」原則置於「累積」之上，擺脫「吝嗇」，歸於「滿足」。就像曼尼先生在白板上寫的：你要的不是錢，是錢換來的東西。理解了嗎？

「那我如果存不夠退休金怎麼辦呢？」你像波浪鼓似地搖著頭，覺得我的話完全離經叛道，不能理解。「人哪能不替將來打算？」你不耐煩地叉起雙手，攏在身後，等著我回答。

我的同伴們，快樂的原則除了長久、個別以外，千萬記得曼尼先生教給你的「幸福計算法」。任何購物行為都要以**不影響長久財務利益**為原則。這個原則也是為了減輕我們的痛苦，帶給我們快樂。

按照這個公式的算法，任何人在進行購物行為之前，都能用一種數量點數制把「花錢帶來的快樂滿足感」總合起來，再減去這個購物行為帶來的「財務痛苦點數」，來決定這個購物行為是否可以執行。

這是一個實用、簡單的評估方式，幫助你為「**最大的幸福而行動**」，兼顧未來長久的財務利益。就像曼尼先生說的，這個簡單的點數加減法，能將你內心的滿足感跟未來的財務規劃做出「**量測**」，幫助你因花錢得到的快樂，**不會**被超過你財務能力而帶來的痛苦不安（超過你的財務能力）大大**抵銷**，最終獲得好的生活。

這個公式也能幫助你測量別人的幸福點數，幫助你在關注自己慾望的同時，也能**協調寬容**其他人的慾望，更輕鬆地做出抉擇，讓你跟更多人更加幸福，更少不幸。請你記住，讓每一個購買行為為你帶來**最大的快樂**和**最小的財務傷害**。在你的生活中實踐它，現在就開始。

課後練習

（一）快樂點數練習

下面各項帶給你的快樂點數有多少？（用一個一到十之間的數字給它們打分，十代表最快樂，一代表最不快樂。）

1公里長清水道……………………………………………（　　）
跟心目中的女神共進晚餐……………………………………（　　）
阿爾卑斯山看雪………………………………………………（　　）
深山裏裸奔……………………………………………………（　　）
那台手機………………………………………………………（　　）
那個公仔………………………………………………………（　　）
卡麥隆鼻子……………………………………………………（　　）

五月天搖滾區票……………………（　）

讓他愛我……………………（　）

一牆壁漫畫……………………（　）

台大碩士學位……………………（　）

一隻名犬……………………（　）

多益超高分……………………（　）

言論自由……………………（　）

人魚線……………………（　）

（二）快樂點數練習

下面各項帶給他（另一個人）的快樂點數有多少？（用一個一到十之間的數字給它們打分，十代表最快樂，一代表最不快樂。）

去很遠的地方旅行……………………（　）

看出你和他的個別不同了嗎？

（三）財務負擔指數練習

下面各項帶給你的財務負擔點數有多少？（用一個一到十之間的數字給它們打分，十代表最負擔，一代表最不負擔。）

去很遠的地方旅行……（　）
跟心目中的女神共進晚餐……（　）
阿爾卑斯山看雪……（　）
深山裏裸奔……（　）
那台手機……（　）
那個公仔……（　）
二十四吋腰圍……（　）

五月天搖滾區票……………………………………（　　）
讓他愛我……………………………………………（　　）
一牆壁漫畫…………………………………………（　　）
台大碩士學位………………………………………（　　）
一隻名犬……………………………………………（　　）
多益超高分…………………………………………（　　）
言論自由……………………………………………（　　）
人魚線………………………………………………（　　）

（四）幸福公式練習

下面各項帶給你的幸福點數有多少？（「快樂點數」減去「財務負擔點數」等於「幸福點數」）

公式	快樂點數	財務負擔點數	幸福點數
一公里長滑水道			
跟女神共進晚餐			
阿爾卑斯山看雪			
深山裡裸奔			
那台手機			
那個公仔			
卡麥隆鼻子			
五月天搖滾區票			
讓他愛我			
一牆壁漫畫			
台大碩士學位			
一隻名犬			
多益超高分			
言論自由			
人魚線			

課後提示

1. 一件事情該不該做，是以能為我們帶來多大的幸福來判斷。
2. 快樂點數減財務痛苦點數等於幸福點數。
3. 花錢是生活中最常使用的行為，更需要一種堅定的原則。
4. 最好的金錢使用原則，就是讓我們「獲得快樂」的使用原則。
5. 快樂，指的是「內心的滿足感」或「活得好」的感覺，這是一種「內在的感受」。
6. 任何符合「個別」內心「長久」滿足的購物行為，就是「正確」的花錢行為。
7. 任何購物行為都要以「不影響長久財務利益」為原則。

第七章　甬道

當我們回到大樓頂樓的時候，聞到一股塑膠燒焦的味道。短牆的溫度像煮過飯的電鍋一樣發燙。

「已經走了」。

曼尼先生雙手張開輕飄飄地盤旋到地板上，尾巴像蒲公英輕輕彈了一下。

「都燒光了！」

我小心翼翼拎著自己的身體，豎起背板低低發出驚呼。

曼尼先生臉色非常難看，沉默地低頭撿起一根燒焦的避雷針棒，蹲在地板上用手摩搓了一陣。

「這是什麼？」我說，好奇地湊著眼睛看著針上掛著的一個小絆釦，一面捏了捏燒焦烏黑的釦眼。

「這是我弟弟的東西。」

曼尼先生看著我手上的釦子像餅乾一樣碎成兩半，木然地回答著。

「胖鬼魂的釦子?!」我大喊。

「怎麼會在這裡？」我說，一面從地上攏了攏碎掉的塑膠片。

「諾曼尼，」曼尼先生蹲下來抓住我的手。「我弟弟『坐電梯』走了。」

「電梯？」

我脖子向前伸了伸，手腳侷促地搖了搖頭。「哦……，這裡是頂樓空地，沒有電梯……」

「嗯。」

像是沒有聽見我說話，曼尼先生蹲在地上畫起不知哪來的地圖，頭抬也不抬一下。

「諾曼尼，」他低著頭將手舉起來，向頂樓中間的空地指了指。「去把那個避雷針重新立起來。」

曼尼先生說，低頭在地上不停地畫著奇怪的路線圖。

「不是燒壞了嗎？」我問，用尾巴在地上推了推那根棒子。

「『電梯』不會壞的。」曼尼先生抬起頭來用炯炯有神的眼睛看著我。

「有人用過比較髒而已。」他說，向後攏了攏頭髮。

不知道過了多久，焦黑的避雷針重新在頂樓中央站了起來。

曼尼先生喘著氣把金屬管子插進水泥地，像耳朵似地裝上兩個電容器，斜斜拉著一條細線，回過身來對我點點頭。

「好了，我們準備好了。」

他托著腮往後踏了幾步，聳著肩膀思量什麼似地輕輕拍打地板。

「這是什麼東西？」

我仰頭看著奇怪的三角錐物體，心裡納悶地直打突。

「這是通往時間甬道的電梯。」曼尼先生說，一面把自己身上的衣服一件件脫了下來。

「脫衣服。」他說，手上不停地解開身上襯衫的釦子。

「脫衣服?!」我問，睜大了眼睛呆站在原地。

「快一點，沒有時間了！」

曼尼先生伸手過來拉我褲子，粗魯地扯開褲頭的鈕釦，惹得我像被搔癢似地左右扭擺。

「到底要去哪裡?!」我扯著褲頭氣了起來，「脫衣服要做什麼！」

我一手壓住曼尼先生的肩膀，一手緊緊按著攏住的尾巴，像朵乾枯的喇叭花。

「諾曼尼，」曼尼先生無奈地喘了口氣，往後靠著攏起雙手。

「鬼是一種分子排列不那麼緊密的能量。」曼尼先生說。

「我們比一般人更容易穿梭在各個時間與空間之中，靠的就是這種特性。」

「穿梭？」我驚訝地問，手微微握著避雷針冷冰冰的針管。

「我弟弟看來是被有心人帶到別的時空去了，」曼尼先生用嘴巴向針的方向呶了呶。「靠的就是這個針管。」

「避雷針管?!」我驚呼。

「是啊！避雷針管，就是鬼的電梯。」

曼尼先生用力向我點點頭，攤裸的上身滿是下垂的贅肉。

「我們靠著針管聚集的能量瞬間把分子打散，才能進入時間的甬道裡面，四處穿越。」

曼尼先生轉過頭摸了摸鋼管，若有所思地扁了扁嘴。

「時間甬道是什麼東西？」我問，攏了攏被扯下的褲頭鈕釦。

「時間甬道可以連貫過去、現在、未來事件的時間走道，人能通過走道經歷過去與未來；就像錄影帶快轉或倒帶一樣。」

曼尼先生很快地說著話，眼睛直直地盯著我的褲頭。

「走道裡是一種急速運轉的狀態，只有分子被擊碎也運轉到極速的人，才能在裡面走動；也才有可能看到甬道的裂縫跟入口……」

「就像噴射機一樣？」

他看了看我，輕輕點點頭。

「有人宣稱死前看到一道光、一個通道、一些親人，其實都是看到了時間甬道的經驗。」

「喔？」我驚訝地說。

「一般人在死前經過極大的電波電擊，體內分子經歷一種擊碎攪動的狀態，就能不小心看到時空的甬道裂縫，也有可能進出不同時空。」

「喔——」我恍然大悟地用力點了點頭，感覺自己接觸到從沒體會過的知識跟經驗。

「那來吧！」曼尼先生伸手去拉我的褲子。

「你要我脫衣服幹嘛？」

我把尾巴緊緊蜷曲起來，雙手死命抱住胸前。

「為了要增加我們摩擦針管的面積。」曼尼先生說，身上的袍子因為不耐煩又飄散起來。

「摩擦？」我愣了一下。

「諾曼尼，我們身上的靈魂孢子可以讓摩擦針管的效果加乘。」

「嗚？」我緊緊攏著身體動也不敢動。

「我們要摩擦避雷針管讓閃電擊中我們！讓我們變成急速運轉的小分子！」曼尼先生急躁地把我身上的手腳用力扳了開來。「才能去找我弟弟！」

他像隻飢餓的老虎把襯衫褲子統統扯掉，拉著我站了起來。

「來吧！諾曼尼！」

曼尼先生說，光溜溜地牽著我的右手高高舉起。

「嗚……」我只感到比摔死在地上更難堪的情境。

隆——隆——

烏雲密布的天上傳來一陣低沉的雷鳴。

隆——隆——

曼尼先生轉頭看著我，綠色的眼睛像燃燒一樣亮了起來。

「我們開始吧……」曼尼先生說，「盡量用力……」在我掌心捏了我一下。

「痛！痛！痛！痛！痛！痛！」我也不知道怎麼向你形容在避雷針上阿魯巴的感覺。我那帶著一點孢子的皮膚接觸到冰冷的鐵管上，就像焊雷管一樣濺出點點火花，發出「滋——」一樣的聲音。

「轉快一點！」

曼尼先生把尾巴扳成兩半，以光的速度瘋狂摩擦著針管，大喊著激勵我奮鬥。

「再快！」我的背像被火輪輾過，裸著的身體像光速一樣地繞著圈。

「再更快！」

曼尼先生瘋狂地喊叫著，避雷針管噴泉似地散出星星點點的火花，雲層裡不斷傳來「轟隆隆、轟轟隆隆」的低吼聲，腳邊開始出現一撇閃電。

「來了！來了！」

曼尼先生驚喜地大喊著，天空的雨點開始滴滴答答地掉了下來。

「啪啦！」

一聲折碎木頭的聲音迴盪在耳邊，我的眼角看到一道閃電擊中地板，在潮濕的地上發出一股青煙。

「快了！快了！」

曼尼先生沙啞瘋狂地吼著，急速旋轉的身體旋成一道光。靈魂的孢子因為受熱過度燃燒起來，繞著避雷針管形成一道火圈，在雨中熠熠發光。

「抓住我！」

曼尼先生突然大喊，我只感覺一道光打進眼前，耳邊一陣「啪啦啪啦」巨響，身體就被吸進一個漩渦裡，意識進入全然的空白。

第八章　塔莎樂

時間甬道裡居然又黏又濕。

我撐著牆壁奮力拔出尾巴，掌心黏乎乎地像沾著融化的棉花糖。

「真噁心。」

我看著周圍像大腸一樣皺摺成團的環形甬道，只覺得頭暈耳鳴。

「要命……」

曼尼先生像翻倒的磨菇黏在地上，濕漉漉的身體就像融化的白蠟燭，在甬道裡東倒西歪。

「嗚……」他軟泥似地陷在皺褶裡，貼著肚皮像隻小狼齜著牙低低地喘著氣。

我的頭皮微微刺痛，耳朵後面滲出一點黏乎乎的血，順著臉龐流了下來。

「你還好嗎？」曼尼先生說。

他鼓凸著眼珠，臉上淌下一道渾白色漿糊似地水痕。甬道裡的光線昏暗得像洞穴，曼尼先生的輪廓又深又黑，水亮亮的眼珠像隻畜牲似地閃了一下。

「還好。」我回答。

我豎直了背脊靠在甬道裡的牆壁上，尾巴往內蜷得更緊了。

這是一個彷彿下水溝的涵洞走道，四處飄散著水溝般若有似無的清爽臭味，遠遠看不到盡頭。仔細觀察的話，會發現這裡左右八個人寬，上下兩個人高；皺摺深處透出隱約微弱的光，像耶誕燈泡閃個不停。不知道為什麼，我從心裡油然而生一種溫暖恍惚的寧靜感。突然期待起什麼事情也不會發生了。

「這就是時間甬道。」曼尼先生說，他的聲音飄浮在黑暗裡，冷冷地沒有情緒。

「時間甬道？」我應了一聲，感覺自己的嘴巴乾了起來，耳朵上滲出的血似乎不再流了。

「歡迎來到鬼的電梯。」曼尼先生說。他倒在對面甬道上，深綠色的玻璃眼睛滴溜溜地盯著我，像四肢萎縮的患者動也不動。我突然聞到一股墳墓新土的腐臭氣息，忍不住抖了一抖，掙扎著站了起來……

「啪滋！」

好像壓破了什麼東西。

我愣了一愣，和曼尼先生對看一眼，小心翼翼地舉起腳來。

「這是什麼？」

我發現一塊板子，水銀似地流盪著粼粼光芒。那是玻璃做成的，螢幕已經壓破了。水銀色的面板上有一串奇怪的數字，像螢火蟲閃著綠色的光。

03
20120412
-諾曼尼自殺-

「這是什麼？」我說，對上面的數字感到非常好奇。

「那是節點標示表。」曼尼先生說。

「在甬道裡，我們靠著這種表格辨認時間與事件。」

曼尼先生掰了掰板子上的裂痕。

「那個03是指地球的編號，」他點了點面板的第一行數字，「20120412是指地球上的日期與時間。」他的手指滑過第二串數字。

「20120412就是指地球時間二〇一二年四月十二號。」

「諾曼尼自殺這幾個字，就是指發生的事件了？」我搶著回答。

「嗯。」曼尼先生聳了聳肩，心不在焉地回應著。

「在甬道裡，這種標示表到處都是。」他用手指了指洞穴深處，「我們只要找到恰當的時間節點，挖開甬道皺摺，滑下去就是了。」

「挖開？滑下去？」我把舌頭頂著濕潤的上顎，狠狠吞了一口口水。

「每個皺摺代表時空中的某個事件。」曼尼先生的語氣開始有點不耐煩。

「每個事件都會配上一個時間標示點，看準了時間標示，還是得花點力氣割開才行。」他瞪了我一眼。

「你感覺不出來這牆壁挺堅韌的嗎？」曼尼先生揮揮手，不打算跟我再說下去。

花了一點時間，我們在甬道裡找到兩個標示板，奇怪地寫著這樣的標題。

03
20120413
-曼尼先生的弟弟被殺（上集）-

03
20120413
-曼尼先生的弟弟被殺（下集）-

我瞥了曼尼先生一眼，他的臉上一陣紅、一陣白，嘴角僵硬著微微抖動。我尷尬地拿起標示板，不發一語，回過頭靜靜地看著他打算怎麼辦。

「沒什麼好挑的。」曼尼先生說，假裝輕鬆地聳了聳肩。

「我們下去吧。」

「嘖……」

他把上集的標示牌掀了起來，憑空伸出一把死神用的大鐮刀，悶頭切下去。

當他用力切開時間甬道的時候，縫隙的口子滲出黏稠的汁液。曼尼先生皺著眉頭劃開黏液，伸手撥了撥裂口，忍不住裡發出一聲乾嘔。「嗯……」

我的背脊僵硬地豎直起來，心裡拉緊了弦。屠宰牲畜似地，曼尼先生用力拉開裂口，固定拉鉤，往下探了探。

「準備要下去了，諾曼尼。」

曼尼先生說，他跪在我的對面，謹慎打量下面的高度。

一股酸臭的味道瀰漫出來，伴隨一陣微細的嗡嗡聲；我重重吞了口口水，完全無法預料接下來會發生什麼事。

「等一下不管看見什麼，都不要離開。」他說，高高拱起了背脊。

「一……」曼尼先生開始倒數。

「二……」我用力吸起一口氣。

「三！」

我們像條蛇似地滑了下去，渾身陷入一片雪白的光柱裡，心神一片空白。

等我醒過來的時候，一陣急促的嗡嗡聲向耳邊湧了過來，周圍悶熱得很。

「臭死了……」我咕噥著，一面連連揮舞雙手，一面抖動襯衫。地板搖晃了起來，發出「嘎嘰嘎嘰」的聲音。

曼尼先生轉身朝我做出一個「噓——」的手勢，右手懸在半空中不放下來。

這是一個陰暗的房間，厚重的綠色棉布窗簾擋住了外面的陽光，刺眼的日光從兩瓣沒拉攏的裂縫處洩了出來；白色的懸浮物在光線中漫射飛舞，到處都是腐爛濃重的臭味。

房間的中央區域是空著的，只有一張笨重的木頭小圓桌。古典桌腳上雕上精緻的刨花，地毯髒得像有大象嘔過。一張滿是灰塵的四角高架床靠著牆，空間裡瀰漫著絕望的氣氛，令人不寒而慄。

「嘰——嘎——」

我們向前移動的時候，地板發出驚人的聲響。

我用手摀住鼻子，只覺得一陣頭暈。

「這是哪裡？」我問，聲音飄散在沉悶的房間裡。

曼尼先生背著光沒有回答，微微向前的背部緊緊繃了起來。

在靠近廁所半掩著的門的時候，一陣風吹了過來，厚重的綠色窗簾無力地掀了一掀。曼尼先生揮開窗簾，推開廁所半掩的木門，帶我走了進去。

我看見某個很像屍體的東西，喉嚨緊緊地縮了起來。那種感覺就像在小一號潛水衣裡倒進一卡車冰塊，全身冷到骨子裡。

有個人死在馬桶邊，身體像灌滿水的塑膠手套。他的身體像布娃娃歪倒在地板上，頭靠著馬桶，白色的薄襯領口上布滿黃黑色斑點，露出一小段紫黑色的脖子肉。我低頭看了他一眼，背脊一陣發寒……他的頭髮黑黑地纏在一起，左手鬆鬆翻開，斜斜攤在磁磚地板上。右手緊緊攀住馬桶邊緣，黑色的手指僵硬發黑，像是禿鷹的大爪子。

「哦——！」

我鬆開手，尾巴在地上滑來滑去，掙扎著站不起來。

「那是我弟……」曼尼先生的聲音像是有人緊緊掐住他的喉嚨。

「你弟弟?!」我靠著門板瑟瑟發抖，看著他像發泡海參一樣浮腫的身體，喉嚨乾澀了起來。

「他叫曼尼多很多。」

曼尼先生夢遊似地朝屍體走去，一動也不動地看了一會兒。他跪倒在地板上，抓住屍體的肩膀，噩夢似地撥了撥他的頭髮。

我的心頭砰砰亂跳。

「是我的小弟，也是我家最重要的人。」

曼尼先生在他身旁坐了下來，眼睛向四周圍看了看，沉默著不說一句話。

周圍只剩下日光燈下蒼蠅的嗡嗡聲。我的心裡突然對這一切感到些微的憂鬱與感傷。

「諾曼尼。」

很突然地，曼尼先生抬起頭來。

「我小弟是被人毒死的。」

「小弟？毒死？」

曼尼先生含淚咬著下唇，喉嚨裡像是堵著一大塊東西，身體不停地顫抖。

「你看那邊。」他指向屍體對面的牆壁，手微微顫抖。

我看見了一張穿衣鏡。

「你看他畫的。」曼尼先生說，聲音變得有點嗚咽。

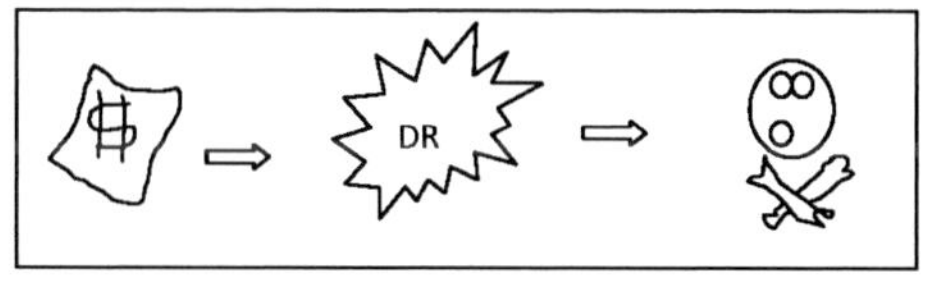

「誰？」

我把手貼在鏡子上，看著鏡子裡自己的倒影，心裡感到非常不真實。

「是誰?!」曼尼先生低著頭漲紅了臉，緊緊握住雙拳，一咧一咧像條魚似地搭巴著嘴。

「誰殺了老三?!」

空蕩蕩的房間搖晃起來，吶喊的回聲久久不歇。

他著了火似地往縫隙口跑了回去，綠色窗簾被離去的旋風捲了起來，陰暗的房間裡突然大放光明。

「曼尼先生，你要做什麼？」我大步滑到甬道裡，看著曼尼先生發瘋地割開另一個入口。

「救人！」曼尼先生說，頭也不回地往底下縫隙擠了進去，留下我呆站在濕滑的甬道裡。

地上寫著「曼尼先生的弟弟被殺下集」的標示表，像是耶誕節過後掛在樹上的彩燈，在地上沉默地閃個不停。

等我滑下去的時候，正好碰了曼尼先生的肩膀，讓他往前顛了顛。

「真抱歉。」我說，彎下腰來摸摸肚子，大大喘了一口氣……

我發現自己站在半開的門前，房裡傳出說話的聲音，斷斷續續讓人聽不清楚。

「他喝了嗎？」房間裡一個女人的聲音悶悶地傳了出來，我的身體震動了一下，想要往前探個究竟。

「噓……」

曼尼先生伸出兩根手指對我指了指，側著臉像座雕像似地一動也不動。他的身體輕輕靠在半掩的門邊，脖子上的青筋一條條鼓了起來。我掃了房間一眼，心裡模模糊糊產生一種不祥的感覺。

有一個女人轉了過來，瘦瘦的肩挑著一件寬寬的衣服。她有著一張滿是稜角的方角臉，外張突出的顴骨上滿是斑點，一雙小三角眼滿是盈盈笑意，正朝杯裡倒進牛奶。

那是一個中規中矩的辦公室房間。長長的大方桌上擺放了很多金色的獎盃。咖啡色的牆壁，灰色的厚長毛地毯，右邊牆面上掛著一具頗有風情的黑森林咕咕鐘。

那個女人隔著桌子笑了開來，雙手不停忙碌著。她朝杯子裡加入一些粉末，倒進一些東西，往杯子裡攪動一陣。湯匙撞擊茶杯，發出鏗鏗鏘鏘的清脆響聲。

「諾曼尼……」曼尼先生轉過身，皺著眉頭跟我說，「這個女人叫Tasaler，是我二弟的前妻。」

「Ta、sa、ler？塔、莎、樂？」我懵懵懂懂地重複了一遍，感覺名字有點詭異。

「Tasaler十七歲的時候就懷了我二弟的孩子，轟轟烈烈結了婚，小孩五個月的時候卻流掉了……」曼尼先生臉上皮肉不皺也不蹙，聲音像水一樣淡。

「她十七歲零五個月的時候就嚷著要跟我二弟離婚，卻從來沒有搬離家裡。這幾年來順理成章莫名奇妙地成為曼尼家族一份子，聽說還是冠著曼尼的姓氏。」

曼尼先生的臉比背著光還要黑，什麼表情也看不到。

「她為什麼沒有搬離你家呢？」我問。看著塔莎樂在桌子下把鞋脫了，左腳踩在右腳背上，不耐煩地搓來搓去，我深深吸了一口氣。

「還不是那個老戲碼！贍養費談不妥。」曼尼先生碰了碰我的肩膀，不以為然地揚起下巴。

「她很需要錢，」曼尼先生說，「這個小女孩看錢看得比誰都重，我家老二搭上她算是倒楣。」曼尼先生低頭轉了轉門上的把手，聲音有點沙啞跟無奈。

「他喝了嗎？」房間裡傳來塔莎樂的聲音。她把杯子滑到對面，一個背對著我們坐著的男子伸出手，接過那杯茶。胖胖的背影看來實在非常眼熟。

「喝了。」那個男人說，聲音裡似乎有點發抖。

「是老二！」曼尼先生在我耳邊喊了起來。

「出事前的胖鬼魂？」我也叫了起來。

「喝完了嗎？」塔莎樂又問。

「確定喝完了。」那個男人背對著我們點了點頭。

我和曼尼先生對看一眼，倒抽一口涼氣。

「你給我的藥沒有問題吧？」胖子說，「我弟喝完有點怪，馬上就去上了廁所，很久都沒有出來。」

「嗯。」塔莎樂的眉毛挑了一挑，她低頭看也不看胖子一眼，轉身把粉末放回架子上。

「沒問題啊……」她心不在焉地回答。

「彩票收好了？」

「收好了。」胖子點點頭，「我帶在身上。」

「等一下就去兌了吧，不要夜長夢多。」塔莎樂回應著，臉突然漲紅了起來。「有錢以後，想做什麼就不用經過他的同意了………」

她低頭看看桌子，右手抹抹桌上的水痕，又用拇指用力擦了擦桌板，嘴角僵硬地抖了一下。

我和曼尼先生在門外對看一眼，交換了一個緊張的眼神。

房間裡的鐘，突然敲了起來——

「噹——」

咕咕鐘裡的小娃娃夢遊似地滑了出來，叮叮噹噹的敲擊樂在房間裡響個不停。我們全都僵住了，大氣也不敢喘一下，就怕打斷了點什麼。

「砰！」我嚇了一跳。胖子轟然倒在桌子上，前額重重撞擊桌板。

「嘎——！」塔莎樂倏然一立，彷彿一陣電流剛剛穿透她身。椅腳推了出去，拉出一陣刺耳的刮擦聲。

「茶有問題！」曼尼先生忍不住喊了出來，房門略略搖了一下。

咕咕鐘戲謔似地叫了兩聲，隨即停了下來，房間裡一片安靜。

塔莎樂一動也不動，胸前激烈地起伏著。

曼尼先生激動了起來。他目不轉睛盯著門裡發生的事情，臉上漲得通紅，太陽穴上的青筋突突亂跳；我感覺有些事情就要發生了。

「親愛的？」塔莎樂喊了起來。

「親愛的？」她緊張地叫著，沒有回答。

胖子頹然倒在桌子上，睡死了似地，房間裡一片死寂。

長長吐了一口氣，塔莎樂似乎鬆弛了下來。她往前俯靠著桌板，伸長身體往前看了看。緩緩繞過長桌，塔莎樂略微頓了一下，蹲下來，開始翻他的口袋。

「原來是她！」

曼尼先生尖叫了起來，他的臉痙攣似地抽動了一下，幾乎要衝了進去。我瞇上了眼睛，下意識地回身抱住他的腰板。

不知怎麼地，胖子動了一下。

塔莎樂雷擊似地停住了，仰望著他，大氣也不敢喘一下。胖子微微仰起上身，勉強地睜開眼睛，神情非常恍惚。

「你要幹嘛？」胖子說，聲音像是喝醉酒似地沙啞模糊。

塔莎樂蹲在地上仰望著他，一動也不動，什麼也不回答。四周的空氣似乎凝結了起來。

「你……」塔莎樂話沒有說完，胖子突然掐住她的脖子，肩膀高高聳了起來。

「你——！」塔莎樂的聲音變得非常模糊，氣似乎快要喘不過來了。

「想害我……」胖子發瘋似地低沉吶喊著，瞪大了眼珠狠狠地看著塔莎樂，兩手箍得越來越緊。

塔莎樂沒有回答，似乎也沒有力氣回答。

她的臉已經死白了，兩眼往上翻黑，舌頭吐了一半出來，兩隻手張在空氣裡，高高低低地揮著。

時空好似停頓了，空氣裡布滿死亡的氣息。我看著塔莎樂的頭跟身體幾乎要折成一個直角，喉嚨裡像爛了一個核桃眼，塞住了喊不出來。

塔莎樂的手像溺水的女人一樣又軟又白，她的舞動變得來越小，身體像布娃娃似地盪了下來。最後鼓起了剩餘的一點點力氣，微弱地舉起右手，往左邊一指。

胖子的身體向後一縮，眼珠順著指示往左邊一瞥，緊箍著塔莎樂的手，稍稍鬆了一下……

只是一下。

「乓！」

「乓！乓!!」

塔莎樂奮力抓起桌上金色的獎盃，朝胖子的腦子上砸了下去，發出一聲駭人的悶聲巨響。

「獎盃?!」

我在門後聽見自己的聲音，曼尼先生的眼睛睜得比核桃還大。我們衝了過去，一切已經來不及了。胖子發出一聲狼嚎似的尖叫聲，朝後一仰，鬆開了手。他的臉上全部是血，大大的金色獎盃斜斜插在後腦勺上，眼睛裡的瞳孔放得又黑又大。

「咳咳咳咳咳！」塔莎樂長長倒抽一口氣，抓著桌子撐住身體，瘋狂地咳嗽起來。她的嘴唇發紫，眼眶泛紅，半蜷縮著身體倒在地上，不停地發抖。

胖子駭人尖叫起來：「拿下來!!!」

胖子的眼睛疼得猛然緊閉，鮮血從頭皮上噴灑出來，全身搖搖晃晃。他走向窗邊，看著窗中的倒影，失控地吶喊著。

「幫我拿下來！」他瘋狂搖動頭部，像落在石子路上的陀螺蹦蹦跳跳，把血濺得到處都是。

「幫他拿下來！」曼尼先生突然對我大喊。

「幫幫他！」

我聽見曼尼先生失心瘋地尖叫著，心臟突然膨漲得快要炸了開來。曼尼先生讓自己飄了上去。他像野狼似地攀上了胖子的肩膀，腳頂著後背，拔蘿蔔似地用力扳住獎盃，死命往外拉。

「幫——忙——！」曼尼先生的眼珠凸了出來，牙齒緊緊咬著下唇，臉漲成了豬肝的顏色。

想也沒想，我就攀了上去。胖子的臉已經滿是鮮血，我們三個人（喔？也許應該算一個人、兩個鬼）野獸般地嚎叫著，對著窗子死命往外拔。窗口的風轟然吹了進來，我的眼睛瞇了起來……

「啵！」

很突然地，我們往後翻倒了，胖子被我們往前一推，硬生生地翻出窗外。

「碰！」劇烈的撞擊聲傳了過來。

「啊——啊——！」曼尼先生大喊著，聲音裡幾乎帶著絕望的哭腔，縮在角落的塔莎樂哭了起來。我和曼尼先生轟然倒在地板上，手裡抓著半截獎盃，一臉茫然。

「是她！」曼尼先生回過頭來，爆裂般地吼叫著，猝然豎起眉頭，直盯著塔莎樂，全身不斷顫抖。

塔莎樂看不到我們，她一臉蒼白，搖搖晃晃走向窗邊，顫抖著往下看了看；在我們旁邊低頭攏了攏裙子，靠著牆緩緩坐了下來。

「我要殺了她！」曼尼先生大喊著。

像抵著一頭發怒的公牛，我的疼痛滲著骨肉往某條神經衝了上來。

「曼尼先生！」我大喊著，像攏著發狂的豹子把他往甬口帶去，雙手陣陣劇痛。

「塔、莎、樂，曼尼很多——！她、殺、了曼尼很多——！」

我瘋狂地喊叫著，像朵晦暗的烏雲往外飄去，終至一切恢復平靜。

房間裡的鐘，又到了快響起來的時候了。

第九章　黑鬼魂

我們像滾在地上的馬鈴薯沉沉地晃了晃，黏液把我們身上蕨類般的小細毛黏答答地豎了起來，甬道裡一片死寂。

我用一種茫然的眼神看著地上的裂口，胸口激烈地起伏著。

曼尼先生什麼話也不肯說，他軟軟向後癱倒，雙眼緊閉，臉上冒出冷汗，急促地喘著氣。

時間甬道裡的另一邊有微弱的燈光閃個不停，雖然裡面又悶又熱，微微的涼風還是偶爾會從通道的深處吹了過來。我突然覺得自己就像待在鯨魚肚子裡的小木偶，大海的波濤洶湧都被密密實實地擋在門外，渾然進入一種子宮般的寂靜。

曼尼先生這時抽噎了起來。「我的弟弟們都死了……」他像個孩子般啜泣著，舉起手來微微指向合起來的縫隙地板。

「你看到了……看到了沒？」他的聲音非常響亮，像是再也壓抑不住似地哭泣。

我痲木地向後挪了一步，尷尬得不知如何是好。閉上眼睛，我彷彿還看得到塔莎樂露出牙齒的微笑、曼尼很多滿是鮮血的臉、墜樓前悽慘非常的尖叫。我望著遠方甬道裡閃爍的燈光，無法想像剛剛發生這麼多事情，曼尼先生的遭遇如此令人同情。

我飛快看了他一眼，僵硬地移開視線，模糊不安地支吾了一聲。

「藥都是塔莎樂準備的，」曼尼先生抽抽搭搭地說，「她假借二弟的手毒死小弟，又想從二弟的手上拿走彩票……」我點點頭。

「真不知道她為什麼做得這樣絕？」我說，飛快地跟上了一句。

曼尼先生又沉默了下來。

甬道裡的微風吹起我們的頭髮，我們一同望向洞穴深處，看著布滿皺摺的地板與牆壁，沉靜了一下。

「看似是為了錢……」曼尼先生試著解釋他的想法。「實際上塔莎樂住在家裡，一直被小弟羞辱，他們倆積怨已經有很長一段時間了……」

「你小弟虐待塔莎樂？」我問。

「不知道。」曼尼先生滿臉愁容地搖搖頭。「我早就死了……所以家裡事情的細節不很清楚……」他的眼角好像看到了什麼東西，身體突然愣了一下。

「怎麼？」我往後看了看，經歷那麼多事情，我已經習慣對所有情況保持警覺。

「沒什麼。」曼尼先生心不在焉地回應著，打算繼續說下去。

「她們夫妻倆常常為錢吵架，」他掙扎著站起身來，搭著我的肩膀。「家裡的錢都是我小弟分配的。」

「分配的？」我驚訝地喊了起來，攙著曼尼先生費力地往前走。

「塔莎樂只能拿到一點點。」一團黑影一閃而過，這次，我也看到了。

「她對我小弟累積很多怨恨……」曼尼先生的聲音小了起來，他直直盯著甬道深處，停住了腳步。

我們面面相覷，又同時移開視線，什麼話也沒說。

「然後呢？」我警覺地看著前方，衝動地想拔腿就跑；曼尼先生沉默著沒有回答。

那團黑黑的東西急速靠了過來，他顫巍巍地指著前方，鼓著腮幫子，眼珠子亮了起來。

「誰？」我警醒地屏住呼吸，朝那團朦朧的黑影大叫著，沒有人回答。

那團黑影靠了過來，他的手搭上我的肩膀，輕輕卡住我的脖子，緩緩將我的臉抬了起來，讓我盯住他的臉。

我的眼前是一張漲得發黑的死臉，臉上披散著黑色糾結的頭髮，發紫的嘴唇微微張開著。

他的手異常地柔軟，輕輕覆在我的臉上，讓我不由自主地驚聲尖叫了起來……

「諾曼尼，那是我弟弟……」

曼尼先生在我耳邊輕輕地說，聲音微微地顫抖。

「啊——！」我張大了嘴巴尖叫著，突然滑倒在地上，濺起一大片黏液水花，噴了所有人一身。

「諾曼尼，你叫諾曼尼嗎？」那團黑黑的東西對我說話了。

我知道他是誰，他是倒在廁所裡的那個男人，站在我的面前擺著一張死人撲克臉。

曼尼很多死後成為的胖鬼魂站在他的身旁，脖子被拴了起來。他的頭歪斜成一個可怕的角度，像是絞死似地不發一語，眼睛裡蓄滿了淚水。

「呼——」

我的眼前閃了一下，曼尼先生一躍而起，竄到他們身前，拽住繩子往身邊猛然拉過來。

「痛……痛……老大……痛……痛痛痛……」

胖鬼魂的臉上汪出兩泡淚水，像條發狂的狼似地放聲大叫：「放……放手……放……手……老大……痛啊……」

「啪啦！」曼尼先生黑著臉順手打了一個響亮的耳光，胖鬼魂抖了一下。

「啪啦！」曼尼先生反手又是一個耳光，黑鬼魂像塊鐵似地釘在地上動也不動，微微晃了晃身體。

「給我說清楚！」

他的聲音帶著一點鼻音：「聽到沒有！你們兄弟倆到底搞了什麼鬼?!啊?!來這裡大團圓啊？？」

胖鬼魂晃了一下，一屁股坐到地上，仰著頭唏哩嘩啦地哭了起來。「嗚……嗚……好痛……老大……好痛……」像是受了天大的委屈。

「你拉拉我……」胖鬼魂捧著的臉像熟龍蝦一樣紅，曼尼先生刀子似地掃了他一眼，陰沉地往他身邊靠過去。

「啪！」甬道裡發出清脆的響聲，曼尼先生拉斷繩子，一把拉起胖鬼魂的胳膊，用力甩向地面。

「混蛋！」他放聲大喊。

「到底怎麼回事?!」他身體往後一挺，眼看一口氣要順不過去。我叫你說！你聽見了沒有?!說！」

甬道裡的回聲幾乎震動了起來，我的耳朵嗡嗡鳴叫，太陽穴一陣發熱跳動；胖鬼魂抖抖瑟瑟地哭了起來，身體往後挪了幾步。

「老大，不是我幹的，真的不是我幹的……」

黑鬼魂突然閃電似地一把抓住他的頭髮，死命把他拖過身來，靠著他大喊：「不是你幹的?!為什麼不是你幹的?!」

黑鬼魂把他濕漉漉的頭髮扯來扯去，胖鬼魂後仰著身體發出殺豬一般的嘶叫聲，在甬道裡讓人不寒而慄。

「你要不要臉?!」黑鬼魂齜著牙突出了眼睛，「為了那張彩祟，把我關在房間裡，又讓那個女人在飯裡下藥?!」

「啪！」黑鬼魂往前一鬆手，讓他呼嚨一聲趴倒在甬道裡，炸彈開花似地濺起黏黏的水滴。

「你把老三關在房裡?!」曼尼先生的聲調高了起來，「你幫塔莎樂下藥殺了你弟弟?!」

胖鬼魂艱難地撐著地板坐了起來，黑洞洞的眼眶裡蓄滿淚水，沒有回話……

「你這個混蛋！」曼尼先生大吼，用力朝地板蹬了蹬腳，銀色頭髮摩擦靜電似地立了起來。

胖鬼魂狼狽地想從地板上爬起來，慘白的臉上像是剛剛昏厥過去。

「不是我幹的……嗚嗚嗚……我以為老三只是昏睡一下下而已……嗚嗚嗚……塔莎樂說拿到獎金就要放人了……」

「放人?!」黑鬼魂突然爆出一聲巨響，「放你個死人頭!!」

黑鬼魂用力扯動胖鬼魂的衣領，暴躁地不斷捶打他的背跟頭：「是誰叫你下藥毒死我的?!」

胖鬼魂全身縮成一團，抽抽搭搭地狂喊：「不是我！不是我！……是塔莎樂幹的！」

胖鬼魂把頭埋在膝蓋裡，像隻圍欄裡的牲畜顫抖著。

「她沒問過我就幹了!!」胖鬼魂邊哭邊說。

我注意到曼尼先生的身體突然往牆邊一歪，眼看著要倒了過去。「你們兄弟倆被塔莎樂耍了？」

黑鬼魂一個箭步迎向前去，拖住他的腋下，提他起來。我們圍著癱軟的曼尼先生，等著他回過神來。

「老大，」黑鬼魂揉了揉他的胸口，「那個女人要的就是錢。她瞞著老二把我殺了，再殺了老二，就是想獨吞。」

「全身而退的只有她了……」曼尼先生撥開弟弟的手，嗚嗚地呻吟。

「她不會稱心的。」黑鬼魂恨恨地說，「這也是我把這傢伙抓來甬道裡的原因……」

我突然恍然大悟，在醫院旁邊擄走胖鬼魂的人就是黑鬼魂。他緩緩走向牆壁，彎腰撿起地上的繩子。

「你要幹嘛？」曼尼先生爛泥般靠著牆，紅著一圈砂眼似地眼眶。

「我要從甬道裡回到過去，阻止塔莎樂兌獎……」

「殺了她？」胖鬼魂抱著膝蓋從地上抬起頭來，鼻子抽了一下。

黑鬼魂狠狠瞪了一眼，沒有回話。

他扯著胖鬼魂的頭髮直起身來，聲音像冰一樣平。

「一起來吧！」黑鬼魂對我說，紫黑色的臉上滲出一點血光。「朋友。」

他一瞬間移動到我身旁，血一般紅色的的眼睛突然貼到我的面前，像是要勾出我的腦漿。

「嗚……」

他極度柔軟鬆弛的雙手輕輕覆上我的手臂，我忍不住呻吟起來，渾身像有千隻針在刺。

「諾曼尼……」黑鬼魂搭上我的肩。一股強烈的能量緩緩爬上我的小腿肚，沿著身體右側滑到脖子上，全身都在發癢。癢死了。我的耳朵發燙，血管激烈地起伏跳動，意識像爆開的玻璃炸開了，渾身陷入一種極光般的寂靜。

第十章　標價

當我張開眼睛的時候，發現塔莎樂站在我的面前，隔著她只有一個肩膀的距離。

她的眼睛亮了起來，厚厚的嘴唇微微張開，正把手伸進一件西裝口袋裡。胖鬼魂的喉結激動地一升一降，我們團團圍在一起，沒有發出任何聲響。

我知道自己回到「塔莎樂找到彩票」的時間節點，心頭砰砰亂跳。

「爛女人……」往前一靠，曼尼先生狠狠擰了一下她的耳朵。

「嘶——」塔莎樂觸電似地聳了一下肩膀，臉像揉皺的廢紙攥了起來。她的手滑了出來，中指和食指緊緊夾住一張香菸殼厚的銀紙，側著身體抖了一下。

「彩票！」胖鬼魂大叫著，雙手向前拚命一攏，身體向前撲了個空。

「砰——」他摔在地上發出驚人的聲音，我們不由自主退了一步，曼尼先生激動地咳了起來。

「咳咳咳！咳咳咳！」他舉起手來，強忍住拔高嗓門的衝動。「不要亂動……，不、要、動！」

胖鬼魂仰在地上，手腳倒八叉地懸在半空，滿臉通紅。我們全都靜了下來，圓睜著眼睛端詳塔莎樂，動也不敢動。她把沙發旁的檯燈扭亮了。

「呼——」塔莎樂長長吐了一口氣，靠後躺進沙發裡。

她看不見我們。

「該我的……」像樂隊指揮似地，塔莎樂在半空中瀟灑地揮動手臂，對著空氣歪嘴一笑。「就是我的。」她的眼睛閃閃發光，臉頰驚人地騰紅起來。

曼尼先生飄了過來。他在半空中頓了一下，抬頭瞪了塔莎樂一眼。

「啪！」他的眼睛凸了出來，弓起身體，擦了一下手指。

一團火在空中燒了起來，我們繃緊了呼吸。他彎腰一甩，引著火團往前燒去，嘴裡發出一種尖銳的、似有若無的嘶聲。

「唉呦！」塔莎樂的手指觸電似地抖了一下。那團綠火跳上彩票，在地上滾了幾圈停下來。

我們睜大了眼睛，不敢說話。

「見鬼了……」塔莎樂說。她彎下腰來捏起彩票，大大喘了一口氣。綠火團像燒壞的舒芙雷「咻」的一聲塌陷了，我們噎在喉嚨裡的石頭掉了下來，失望互看一眼。

「財神爺啊……」塔莎樂拍了拍彩票，拿到嘴邊親了親。曼尼先生翻了一個白眼，失望地鬆弛下來。

「讓我來——」

很突然地，我的腦中出現一個聲音，非常輕微，有如冥想。曼尼先生似乎也聽到了，微微側身，往旁邊看去。

「讓我來——」

黑鬼魂腹語似地聲線平靜而清晰，我的心在胸腔裡「撲通通」直跳，弓起了身體不敢亂動。

「噹——！」

咕咕鐘響了起來，塔莎樂朝後看了一眼。

「呼……」她環顧四周，發出一聲深長而又顫慄的嘆息，撫撫胸口，重新坐了回去。

出乎意料地，黑鬼魂靠了過來。他的腳尖點著她的鞋，輕輕貼著塔莎樂的身體，盯著她的眼睛。

「我來。」他說，手緊緊卡住塔莎樂的脖子，滑到她的背後，身體微微一頓。越過肩膀，黑鬼魂看了我一眼。我倒抽一口冷氣，麻痺感從頭蔓延到腳趾……

像被催眠的小鳥，塔莎樂的身體動也不動。黑鬼魂直直劃開她的背，拉開拉鍊似地把手滑了進去……沒有伸出來。她的身體漲了起來。黑鬼魂以一種極緩慢的速度倒立進她的身體裡——從頭到胸，從胸到腰，從腰到屁股，終於完全消失。

我麻木地往後挪動雙腳，一步、一步、再一步……。堵住的喉頭突然鬆了開來。

「附身！」我大叫，「砰！」的一聲坐在地板上，耳朵嗡嗡地直鳴。

塔莎樂……，不！被附身的塔莎樂側身看了我一眼，眼睛縮成兩個小銀幣，口水流了出來。她像熊一樣弓起了背脊，頭顱低低地垂著，嘴唇無聲地開合著，突然上下搖動起來。

「你！」她尖叫著，搧了自己一巴掌，「就是你！」她嘶吼著，身體上下晃得更厲害了。

一旁的胖鬼魂撐著膝蓋跪起來，他連爬帶抓地向塔莎樂走去，雷擊似地不停顫抖。

「你害得我好慘——」胖鬼魂嘶聲說，用左手撐起身體，蹣跚地站了起來。他脖子上的肌肉糾結僵硬，臉上滿是恨意與憤怒，顫巍巍地朝前踏了一步。

「為什麼?!」胖鬼魂大叫，用手掐住她的脖子。「為什麼這樣對我！」他把她的頭猛力一擊，撞向牆面。塔莎樂尖叫了起來，聲音有如狼嚎。

「啪滋！」

我聽到一串鉛筆折斷的碎裂響聲，頭皮驚愕得發麻起來。塔莎樂在我們面前像沒了骨頭似地倒了下去，無聲無息地伏在地面上，手腳不停顫抖著。我的眼眶睜得很大，聲音像吞進喉嚨裡，驚愕得發不出來。她的頭抬起來了，衝著我笑了笑。

血從裂開的嘴巴裡湧了出來，鮮血沿著下顎滴滴答答。我的青筋凸凸亂跳，喉頭發出一陣驚愕的低吟，突然一陣噁心……

「老三！」曼尼先生大喊，手指著地板的銀色厚紙片，激動地氣喘吁吁。

「快動手！」

像是醒了一般，塔莎樂的身體抖了一下。她的眼球縮得很小，殺氣騰騰地看了曼尼先生一眼，嘴角浮起一抹微笑。

「彩票……彩票……」她夢遊似地低吟著，掙扎著站了起來，一瘸一拐地往窗邊走去。

突然直起背脊，身體一僵，一動也不動。

「去你的！」她說，深深地呼了一口氣，高高舉起彩票，前仰後合地笑了起來。

「哈哈哈哈哈！」塔莎樂把彩票一撕，俐落地扔出了窗外，瘋了似轉著身體，完全停不下來。

沒有預警地，黑暗中伸出一雙手，用巨大的力量抓住了塔莎樂的雙肩。

「塔莎樂！」胖鬼魂的身體激烈顫抖，牙齒像野狼一樣齜著。

「沒有結束！」猛烈的聲音幾乎要震破我的耳膜。塔莎樂掙扎著想要掙脫，全身扭動著直打哆嗦。

「你就想著利用我，罵我，說我不夠好……」

他用雙手緊緊箍住塔莎樂，脖子上的青筋激烈地起伏，太陽穴鼓鼓而動。塔莎樂被推著滑了起來，她的腳步踉蹌，隱隱發出一種垂死動物的低吼。胖鬼魂沒有停下來，他貼著她的背滑向前方，向前，再向前，終於靠向窗邊。

「受報應吧！」他在塔莎樂的耳邊輕輕說。

塔莎樂的頭不停扭動，但掙脫不開，鮮血塗滿她的臉頰，雙眼因為恐懼而圓睜著。

「啊——！」胖曼尼尖聲大吼，像把心臟都挖出來似地嘶喊著，他往前一躍，推著塔莎樂跳了下去。

「啊——！」塔莎樂的慘叫聲讓人不寒而慄。

「砰！」

我們側耳傾聽巨大的撞擊聲，不約而同抖了一下，交換一個絕望的眼神。

曼尼先生往後一靠，軟軟坍了下來，他的嘴裡哼哼唧唧，上半身劇烈地抽搐震動著。

「什麼都沒有了……」他說，滿臉漲得通紅，往地上昏了過去。

傍晚迅速降臨，房間裡一片死寂。我坐在曼尼先生身邊，輕輕摸著他的背脊，頭腦乾澀得難受。

他微微張開眼睛，兩隻手緊緊攥成拳頭，表情木然地瞪著我。「朋友……」想起什麼似地，曼尼先生艱難地舉起手。「到這裡來……」他輕拍地板，臉上死氣沉沉。

我蹲下去，靠到他的耳邊。

「諾曼尼，我們通常只能看到眼前，沒有能力**把自己的故事演下去**。」

「自己的故事？」我問。

「我們當不了自己生命的旁觀者，只能順著情緒跟慾望做事，對接下來的事情**欠缺覺察**，**我們都是情緒的奴隸跟輸家**。」

「是，我們都是輸家……」我的意識模模糊糊，壓低聲音悄悄回應著。

「你說什麼？我聽不見！」他惱怒了起來。

「是、是、是，我們**欠缺覺察**。」我慌張地答應著，回過神等著他繼續說話。

「你們不能**敏銳地觀察**，因此無法**明智地行動**。」他把雙手搭在我的手臂上。「你的自殺、我弟弟的鬧劇，都是因此而發。」

他的手指陷進我的肉裡，把我往下拉。「你們的痛苦，都是因為失去支配自己的能力。」他激動了起來，眼裡迸出一道不可思議的光芒。

「可是……」我覺得心裡有點不痛快。

「我們生氣了……難過了……失望了……，還能怎麼辦？」我委屈地說。

「你以為是我們自找的嗎？」

曼尼先生默不做聲，房間裡陷入沉靜。

「諾曼尼……」他把目光從我身上移開，望向遠遠的窗邊。「你們都是因為**錯誤的認識與預期**。」

「錯誤的認識與預期？」我的眉頭皺了起來。

「對你來講，缺乏金錢是一件折磨的事情，這讓你的精神承受很大的壓力。對我弟弟來講，不能獨佔金錢是一件折磨的事情，這讓他的精神也承受很大的壓力。你**低估**了自己的處境，我弟弟**高估**了自己的好處，你們對當時的現狀認識得不完整；誤判情勢，自尋煩惱。」他吞了一口口水。

「你們的情緒**由於誤解而鼓動起來**，你們被眼前所見迷惑，對事實認識得不完整……，真是悲哀……」

曼尼先生的身體輕輕晃動了起來，若有所思地望向遠方。

「從某個角度來講，你跟我弟弟都犯了一個明顯的錯誤，是一個全天下所有都會犯的簡單錯誤。」

「是什麼呢？」我迫不及待地插嘴。

「**你們標錯價格了**。」曼尼先生虛弱地露齒一笑。

「標錯價格？」我用力地眨著眼皮，發出一陣短促的乾笑聲。

「曼尼先生，什麼跟什麼啊？」我露出一種不以為然的表情。

「諾曼尼……」他沉吟了一下，「你為什麼要自殺？」

曼尼先生筆直地坐起身體，眼睛明亮亮地看著我。我眨眨眼，心虛地望向房間深處。

「你當時被多少錢逼迫得很痛苦？」他問。

「不多……」我怯生生地回答，聲音壓得很低。

「你知道我弟弟沒有兌現的彩票值多少錢？」他問我，伸出左手摩了摩右手手背。

「多少錢？」我問，眼神裡滿是好奇。

「八百八十八萬。」曼尼先生說，苦澀地笑了一笑。「我胖弟弟為了八百八十八萬殺人。」他深吸一口氣，在黑暗裡飄了過來。

「你為了『不多』的錢殺自己，這就是你們行為的標價。」他停頓了一下，把手搭上我的肩膀。

「行為的標價？」我的精神全都抖擻起來。

「行為是可以標價的嗎？」我問，挺直了背脊想聽個清楚。

「當然……」曼尼先生的聲音聽起來非常真誠。

「一**切皆有價**。」他目光落到了我的眼睛裡，直直射進我的心裡，彷彿注入我的身體。「你們只是標錯了定價。」他朝我眨了眨眼。

「標錯？」我不解地搖搖頭，「怎麼說？」

「諾曼尼，」他的聲音有點模糊沙啞，「你認為自己的殘餘的人生值多少錢？」他問，眼神裡滿是憂鬱。「你認為我最小弟弟的人生值多少錢？」

不等我回答，他繼續說著：「我最小弟弟的生命，對我而言，不只是金錢。還有陪伴、依靠、溫暖、歸屬、快樂……，你的生命對你自己而言，不只是金錢，還有未來不可知的創造、可能性、快樂……」

曼尼先生的眼眶裡蓄滿淚水，嘴角不停抽動。

「這些情感因為難以定價，所以我們通常忽略。你們只懂得**對看得到的東西標價**，卻**不懂得對看不到的情感標價**，」他頓了頓腳。「所以你用『不多』的錢換了自己的生命；我弟弟用八百八十八萬換了親人的信任與感情。」

曼尼先生的臉色黯淡下來，用一種質詢的眼神望著我。「這是一場不划算的買賣，你還不懂嗎？」

一陣昏眩感向我襲來，我只覺得頭腦被攪動似地心神潰散。

「所以……」我向前往他靠近，「你希望我們對看不到的感情也標價是嗎？」

「是啊！這是我的最後一個祕訣，你務必要多做練習。」

「這對我解脫金錢痛苦會有幫助嗎？」

「會的。」他慢慢地點點頭，「真希望我弟弟早點知道它就好了。」

曼尼先生的臉色黯淡下來，在黑暗中僵硬地微笑。

「諾曼尼……」他抹抹我的眼淚，後退一步看著我，「**為你的感情定價**，看到真正的事實，做出決定。」

「什麼意思？」我抽著鼻子。

「人生很長」他說，「保持謹慎，保持覺知，**對你正在做的事情擁有高度的知覺與感性**。」

「切記，」他對我眨了眨眼睛，「**沒有覺察的行動，收穫愚蠢的結果**。對自己保持洞見，這是我的最後一個祕訣。」

他把我的頭髮從額頭上撥開，露出一個溫暖的微笑。我的感傷像潮水一樣湧了起來，心神一陣恍惚迷離。「發生的事情實在太多了……」

我心裡想，蹙著眉頭著不發一語，痠痛像海浪一般襲來。我聽見自己耳朵裡的心跳聲，感覺一切煙消雲散。望向窗外，天色越發昏暗。

現實連接

在我們的認識裡，我們是不信任「感情」或「感覺」的。

我們會說：「你不能只憑感覺做事情！」

又會說，「這個人很感情用事。」

我們認為「感情」是一種「非理性的」、「無秩序的」思維活動，對自己跟別人，對事情跟世界，都沒有「理性思維」來得有效率跟有貢獻。

你說是不是？

我看到你點頭了。

當你說「我好快樂啊」的時候，可能是因為皮膚上清爽乾燥的觸覺，可能是因為聽到一段和諧舒緩的音樂，可能是因為房間裡若有似無的香味，更可能是愛人溫暖的擁抱觸感。這些觸覺、嗅覺在我們心裡聯繫堆積成快樂。

「感覺」來自「知覺」，我想你能理解。

對很多人來講，花錢購買知覺體驗是一件稀鬆平常的事情。用五百元買雲霄飛車的乘坐權，一千兩百元買五星級飯店優雅的下午茶，八千元買孩子「不輸在起跑點」。

我們買的是一種「由高衝低的刺激解放感」，一種「上流社會的自尊感」，一種「焦慮」。

我們買的是一種知覺。

總是一種知覺。

換個角度想，「知覺」是可以定價的，往往還有複雜的價位。

「雲霄飛車的解放感」在美國是六千塊，在上海是一千塊，在馬來西亞是三百塊。

「下午茶的優越感」在台北東區是七百塊，在上海是一千兩百塊，在東京是三千塊。

「不輸在起跑點的焦慮感」在上海是十二萬，在加拿大是五十萬，在台灣是八萬。

我們在人生的階段也在買，買一百萬，買兩百萬，買三百萬……，買成功，買焦慮，買安全。

我們總在買知覺，卻對一切毫無所知。

正因無知，我們陷入兩難的痛苦。

有時候我們為了一份高薪的工作跟成就感，陷入家庭分離失和、錯過小孩成長的兩難。

有時候我們想要捨棄一份厭惡的婚姻跟伴侶，卻要面對經濟突陷困難的窘境，陷入長考。

又或者，我們面對一個賺不到很多錢、卻很快樂的工作，對比一份賺得到很多錢、卻很不快樂的工作，不知如何取捨，陷入焦慮。

我們不知道怎麼取捨金錢與「感情」，身心煎熬，地獄受苦。

這一切，都是因為「情感」難以定價，「知覺」難以定價。

因為**難以「定價」**，我們**無從「比價」**。

所以猶豫、恐懼、焦慮、不安、煎熬，不斷受苦。

跟孩子無憂無慮泡在浴缸裡值多少錢？真心愛你的朋友值多少錢？

這些問題實在令人困惑。

情感的價值難以認定，人的感覺難以量化。我們對難以認定與量化的東西，往往無法做出精確的認識與判斷。

當你為了一份高薪的工作跟成就感，陷入家庭分離失和的掙扎時，陷入的就是一種「難以比價」的困境裡。

情感上的痛苦**無法量化為貨幣**。我們沒有辦法估量出「家庭分離」、「失和」、「錯過小孩成長」的價值，往往就會眼睜睜地盯著高薪工作的貨幣（你總能知道賺多少錢），安慰自己沒有做錯決定。

我們實在無法回答「充滿幸福與信任地躺在愛人肩膀上」能怎麼標價；「高薪的工作」很容易定價，「情感」卻無法定價。

我們身心不安，難以抉擇，恍惚度日，陷入金錢的掙扎與困境。

這種難以下決定的痛苦、精神上的折磨，都是來自於**度量工具沒有統**一造成的。

我們沒有辦法比較一大塊冰塊跟一場濃霧的大小跟重量。只有當冰塊與濃霧，同時化為水，放在同樣的容器裡比較的時候；才能簡單客觀地比較出高低大小、孰輕孰重。

簡單講，一切難以量化的抉擇，都要做出轉化才行。一種回復到本質的轉化，才有可能做出衡量。

問題是，高薪的工作與心無旁騖地陪伴孩子長大，兩者的共同本質是什麼呢？

你有想過我們努力的很多事情裡，最單純、最核心的追求是什麼呢？

讓我們停頓一下，你想想答案。

最後你會發現，我們追求的一切，不過就是「快樂」而已。

高薪的成就感、家人陪伴的歸屬感、隨心所欲花錢的暢快感、拿到高薪的自我認同與自尊心……

種種行為，目的都在得到快樂。快樂的感受，是許多造作與行為的共同目標與本質；我們只要把這些快樂做出轉換，統統換成「快樂貨幣」[1]。

把一份高薪的工作轉換成「快樂貨幣」的數量，再把「充滿幸福與信任地躺在愛人肩膀上」也轉換成「快樂貨幣」的數量；在快樂的度量標準上，統一衡量，做出抉擇，讓自己幸福。

通過這個做法，我們將能為感情標價，做出各種比價，最後做出快樂的決定。它的具體步驟是這樣的：

（一）轉換

（二）比價

1.舉例來講，「遠離家鄉去獲取高薪的工作」，你的幸福感有多高？從數字1到數字10，請你標一個數字。[2]——假設答案是6。

---

1 「快樂貨幣」的概念，出自Tal Ben-Shahar，《更快樂——哈佛最受歡迎的一堂課》（台北：天下雜誌，二〇〇八年一月）。

2 幸福感是很主觀的，請大膽而自由地做出評價。我們選1至10的數字，是為了幫你把評量變得簡潔有力。

2.「陪伴孩子三至五年的成長」，你的幸福感有多高？從數字1到數字10，請你標一個數字。——假設答案是7。

3.做出比價：

因為7大於6，所以「陪伴孩子三至五年成長的幸福感」大於「遠離家鄉去工作的幸福感」

4.做出抉擇。

通過這個做法，我們將為自己的感情標價、為自己的幸福標價，做出真正有益人生的決定。

請在後面的題目中多做練習。

課後練習

題目

（一）我該不該為了打工存錢，離鄉背景？

項目	轉換（為幸福感標上數字，由一至十）。	比價（在較高得分處打勾）
澳洲打工度假		
家鄉溫暖		

（二）我該不該買進新的手機，放棄這趟旅行？

項目	轉換（為幸福感標上數字，由一至十）。	比價（在較高得分處打勾）
新的手機		
與好友火車小旅行		

課後提示

1. 敏銳地觀察，明智地行動。
2. 當不了生命的旁觀者，就會是情緒的奴隸與輸家。
3. 我們會因為錯誤的認識和預期而犯錯。
4. 沒有覺察的行動收穫愚蠢的結果。
5. 我們買的總是知覺。
6. 一切皆有價。
7. 難以定價就難以比價。
8. 學會對看不見的感情定價。
9. 感情定價的步驟：轉換→比價。

第十一章　窗外

房間裡亂得要命，牆上的血跡像塊浮雕似地硬了起來。窗簾扯掉了一半，椅子橫倒在地上，靠背像被剖開似地裂了一個大口，棉絮散得到處都是。

「唉……」我嘆了口氣，從鼻尖裡聞到一股淡淡的血腥氣息，鼻孔翕動了一下。

窗外的雨下了起來，空蕩蕩的房間裡除了偶爾揚起的棉絮外，毫無動靜。曼尼先生盤腿坐在牆角，左右手掌輕碰膝頭，跟他的弟弟靜靜靠在一起。角落裡唯一亮著的立燈似乎壞了，一閃一閃地把他們的身體映得忽明忽暗。

我望著窗上的霧氣，思緒跑馬燈似地四處流轉。意識變得越來越淡了，我聽著玻璃上落葉輕輕拍打的聲音，昏昏沉沉閉上了眼睛，腦子裡陷入一片嗡嗡嚶嚶地低吟……

「窣窣窣窣……」

一陣窸窣聲從窗外傳了進來，我大吃一驚。

「誰？」我大喊，警醒地睜大了眼睛。

「塔莎樂？」我往曼尼先生的地方望去，太陽穴沒有規律地陣痛了起來。

房間裡似乎只有我一個人醒著。

「窣窣窣窣窣……」

那個聲音越來越大，我的心恐懼的抽動起來。曼尼先生入定似地一動也不動，陷在黑暗裡什麼也聽不見。

「塔莎樂？」我悄悄地問，試探著頓了一下。

窗簾上配著金屬色的流蘇捲了起來，玻璃上滿是霧氣。我覺得自己的關節噠噠作響，脊骨底部升起一陣波浪似地痠痛。

「窣窣窣窣窣……」

玻璃猛烈震動，窗簾上的套環格格跳躍，我的恐怖感在血管裡滾燙翻攪，全身戰慄發麻。「誰？」我說，聲音忍不住地顫抖。

窗子離我只有半公尺遠，玻璃上有霧。我猶豫不決地站了一會兒，鼓起勇氣往朦朧的玻璃上望去，想要弄個清楚。

那是什麼？

有個東西貼著玻璃，對著窗戶撞來撞去。

「想進來？」那個輪廓模模糊糊，像一個一百斤的水泥塊瘋狂扭動，引得窗框格格作響。我把手緊緊攥在胸口，心臟堵住了喉嚨眼，頭腦像灌滿了鉛水一樣沉重。

「砰！砰！砰！砰！砰！」

玻璃劇烈搖晃，要被肢解似地劈啪亂響，我的呼吸急促，心頭砰砰亂跳。

「什麼鬼東西？」閉上眼睛，我痙攣似地往後一縮，不理會鐵槌般猛烈敲擊的聲音。我倒退著挪動腳步，想往房間門口奔去。

「打開。」曼尼先生遠遠把聲音送了過來，聲音非常冷淡。我轉過頭看了他一眼，腳步停了下來。

「打開。」他像尊佛似地雙腳盤在地板上，冷冷看著我，一動也不動。我的身體緩緩滑了回來。

窗外的雨大了起來，閃電時不時地照亮玻璃外的天空，映著我的臉閃爍不定。我的胸膛砰砰亂跳，緩緩回過身體，艱難地朝窗邊挪去……

十步……五步………三步……還剩下一步的時候，窗子突然盪開了。

「嘎——」風颳了進來，窗框發出一陣聲響，劇烈的砰砰聲停了下來。地上的棉絮像鬼魂似地浮游飛舞，我的眼睛一陣發癢。

那團東西靠了過來，朝著我咧嘴一笑，嘴巴裡一顆牙齒也沒有。他的頭塌了下來，眼球陷進頭骨裡；黑冬冬的窟窿裡嵌著殘破的骨片，臉上滿是鮮血。

「誰？」我大喊。

恐懼像電流一樣刺穿身體，腳下一陣發軟。眼前這個東西像有一種奔騰的能量，正穿越我的身體，吸引著我往前奔去。我愣在原地，驚嚇得說不出話。雨不斷地打了進來，浸濕房間地毯，我駭然尖叫起來。

他的手舉了起來，對我打了一個手勢。曼尼先生靠了過來，輕輕碰著我的肩膀，不發一語。像是受到鼓勵似地，那東西的手抬了起來；它點點自己的鼻子，又點點我，無聲地說出幾個字，對我用力點點頭。

「我是你。」他說。

「我……是……你……？」

我讀著他的唇語，輕輕唸了出來。我覺得自己似乎掌握到一點很關鍵的東西，卻又隱隱約約沒有凝聚起來。

「我……是……你……？」我說，搔了搔頭，突然電光火石地一閃。

是我！

我尖叫起來，使勁地往後蹬了一下身體，僵硬地坐倒在地上，眼淚不聽使喚迸了出來。

怎麼會是我！

我啜泣著，後仰著身體抖個不停。曼尼先生靠了過來，他圈住我的肩膀，讓我緩緩滑倒在他的身上，輕輕摩著我的頭。

「怎麼會是我？」我啜泣著看著眼前鮮血淋漓的身體，只覺得醜陋、噁心、感傷、無奈……，心裡一厥，眼看就要昏了過去。

「停下來。」曼尼先生拍拍我的背脊。

我嚶了一聲，心裡不住犯噁。

「這是解脫的祕密。」曼尼撸起我的下巴，直直看著我的眼睛。

「解脫的祕密？」我的語氣非常震驚。

「當你能看見自己的時候，就是解開死結的時候了。」他溫暖地對我一笑，身上的孢子興奮地轉了起來。

我的眼前一黑，失去意識地昏了過去。

在我醒過來的時候，身邊圍著很多人；那是二〇一二年四月十二日，凌晨三點十九分，我自殺的前一分鐘。

「我叫諾曼尼……」

腳伸出去，我深深吸了一口氣。

緊緊貼著頂樓冰涼的短牆，我的背僵硬發白得像水泥牆上的硬疙瘩。

「四十五歲，結婚五年，沒有孩子……」

「拚命工作，拚命存錢，沒有偷懶……」

臉一陣紅熱發緊。

「一生為錢所苦，不知所為何來。人生從不懈怠，奮鬥不見希望……」

像演劇本似地，我聽著自己的嘴巴說出這些話，心裡卻一點也沒有悲傷的感覺。

「諾曼尼……」曼尼先生的臉上滿是淚痕。「死亡只是一道門，只有消亡，才能重生……，」他摸摸我的臉。「在你每個人生裡，經歷痛苦，滋養生命，進入輪迴。不要輕易讓煩惱打敗，勇於承擔，在折磨中尋找智慧……孩子，」他的聲音變得很沙啞。「你自由了。」

他往下一推，我開始下墜。

身體在沉悶黑暗的空氣裡輕輕漂浮了一下，強風撲面而來，一切急速下墜。

我默唸著：「停下來……諾曼尼……**停下來看著自己……**」

皮膚像燒了起來，空氣銳利地摩擦身體。我隱隱約約聽到大樓下方發出刺耳的尖叫，那聲音越來越近，耳膜像漲滿空氣的塑膠袋，高高鼓起。

我對自己說：「記得金錢要為你帶來**最大的快樂**和**最小的傷害**；金錢要為你人生的快樂和美好而服務……」

風把眼眶跟嘴角吹開，露出粉紅色的肉，口水沿著臉頰吹到耳廓。我感覺自己咧著嘴筆直迎向地面，我對自己吶喊：「**為你的感情定價**，看到真正的事實，做出決定。」

「喀拉！」我的眼前一片黑暗，世界為我閉合起來，一切歸於涅槃。

後記

當我寫完這本書的時候，心裡浮起一種奇妙的感覺。這是一種有別於完成博士論文的激動感，這是屬於我的故事。哲學的目的是幫助人們過得更好，解決一些難題；我的目的與動機純然沒有一絲私心，這是我的使命。

對於我的同輩或同學而言，這幾年我的所作所為超乎尋常，幾乎到了離經叛道的程度……我是師大佛教哲學博士，卻在生活中做起股票，買起房地產，徹底為財務自由而努力。我似乎背離了當初的理想與格調，成為一個面目可憎的富人。這樣的人生召喚確實讓我困惑，我也糾結了很長一段時間，內心非常煎熬。

有一天，當這個故事出現在我的腦海裡的時候，我驚然發覺這是上天的使命，這是一個祕密，關於財富與幸福的祕密；也是我這幾年醞釀的口訣與智慧。透過這本書，這些年奮鬥的意義豁然開朗，許多難題明朗起來，雲淡風輕。我的心安了，因為我安了別人的心。

追求財富不是罪惡，在追求財富的過程中放縱自己才是罪惡。

金錢不匱乏的人生，才有可能過得快樂，也才有可能更上層樓，追求更高層次的實現與幸福。

金錢問題，也是人生的關鍵問題。不承認這件事情的人，若非偽善，應是無知。很多人怨恨自己的命運，感慨自己沒有投對胎，富貴無缺。卻不知道，手握金錢的窮人，擁有最可悲的人生。

哲學在很多時候被看作是一種極為深奧和抽象的學問；它和我們的人生似乎沒有關係。這是完全錯誤的。哲學是一種反思；一種對人生大問題的反思；它是一種理解與認識；也是一種澄清與組織。它對促進幸福有莫大功率與效用。就像這本書的目的。

在這個故事裡，我提出幾個問題：

- 為了退休安全，一定要犧牲現在的快樂？
- 到底什麼時候該花錢，什麼時候該存錢？
- 是不是有一種使用金錢的幸福公式？
- 到底應不應該為你最重視的事情花費大把金錢？

順著這些問題，我理出一個原則以及一個公式：

我認為，追求金錢的目的在「快樂」；我們應當追求快樂的生活，應當為「換取快樂」而追求金錢；應當為「活得更好」而奮鬥。

我認為，拚命「累積金錢」是得不償失的，我們應當「不去推遲享樂」，改變「吝嗇習慣」，擁有平衡。

為了實踐這種平衡，我採用邊沁（Jeremy Bentham，1748-1832）和密爾（John Stuart Mill，1806-1873）提出的「幸福計算法」，對節約與享樂的金錢衝突建立一種算式。這種西方「功利主義」用在道德兩難問題的技巧，被我移植到「金錢問題」上，成為另一種「數量點數制」公式，讓一切花費通過「它能為我們帶來多大幸福」來判斷；徹底杜絕吝嗇或恐懼的行為模式。

這是我的用心。

謝謝你看到這裡。

不論這本書是否能影響你，我都已經盡力了。

They learn in suffering, what they teach in song.

這個世界上最偉大的老師都是最偉大的推銷員，他們能與別人的心靈對話，鼓舞別人，啟發人生。

感謝我有世界上最偉大的老師，感謝他們啟發我的使命，帶給我自由。

也謝謝你的聆聽，祝你快樂。

二〇一二年　上海，徐涇東

少年文學12　PG1072

曼尼先生

——青少年理財哲學小說

作者／十方
責任編輯／黃姣潔
圖文排版／郭雅雯
封面設計／王嵩賀
出版策劃／秀威少年
製作發行／秀威資訊科技股份有限公司
114 台北市內湖區瑞光路76巷65號1樓
電話：+886-2-2796-3638
傳真：+886-2-2796-1377
服務信箱：service@showwe.com.tw
http://www.showwe.com.tw

郵政劃撥／19563868
戶名：秀威資訊科技股份有限公司
展售門市／國家書店【松江門市】
104 台北市中山區松江路209號1樓
電話：+886-2-2518-0207
傳真：+886-2-2518-0778

網路訂購／秀威網路書店：http://www.bodbooks.com.tw
國家網路書店：http://www.govbooks.com.tw
法律顧問／毛國樑　律師

總經銷／聯寶國際文化事業有限公司
221新北市汐止區康寧街169巷27號8樓
電話：+886-2-2695-4083
傳真：+886-2-2695-4087

出版日期／2013年11月　BOD一版　**定價**／240元
ISBN／978-986-89521-3-3

秀威少年
SHOWWE YOUNG

版權所有・翻印必究　Printed in Taiwan　本書如有缺頁、破損或裝訂錯誤，請寄回更換
Copyright © 2013 by Showwe Information Co., Ltd.All Rights Reserved

國家圖書館出版品預行編目

曼尼先生 : 青少年理財哲學小說 / 十方作. --
一版. -- 臺北市 : 秀威少年, 2013. 11
面； 公分. -- (少年文學 ; 12)
BOD版
ISBN 978-986-89521-3-3 (平裝)

859.6 102018530

讀者回函卡

感謝您購買本書，為提升服務品質，請填妥以下資料，將讀者回函卡直接寄回或傳真本公司，收到您的寶貴意見後，我們會收藏記錄及檢討，謝謝！

如您需要了解本公司最新出版書目、購書優惠或企劃活動，歡迎您上網查詢或下載相關資料：http:// www.showwe.com.tw

您購買的書名：＿＿＿＿＿＿＿＿＿＿＿＿＿＿＿＿＿＿＿＿＿＿

出生日期：＿＿＿＿年＿＿＿＿月＿＿＿＿日

學歷：□高中(含)以下　□大專　□研究所(含)以上

職業：□製造業　□金融業　□資訊業　□軍警　□傳播業　□自由業
　　　□服務業　□公務員　□教職　□學生　□家管　□其它＿＿＿

購書地點：□網路書店　□實體書店　□書展　□郵購　□贈閱　□其他

您從何得知本書的消息？

□網路書店　□實體書店　□網路搜尋　□電子報　□書訊　□雜誌
□傳播媒體　□親友推薦　□網站推薦　□部落格　□其他＿＿＿＿＿

您對本書的評價：(請填代號　1.非常滿意　2.滿意　3.尚可　4.再改進)

封面設計＿＿　版面編排＿＿　內容＿＿　文／譯筆＿＿　價格＿＿

讀完書後您覺得：

□很有收穫　□有收穫　□收穫不多　□沒收穫

對我們的建議：＿＿＿＿＿＿＿＿＿＿＿＿＿＿＿＿＿＿＿＿＿＿

＿＿＿＿＿＿＿＿＿＿＿＿＿＿＿＿＿＿＿＿＿＿＿＿＿＿＿＿

＿＿＿＿＿＿＿＿＿＿＿＿＿＿＿＿＿＿＿＿＿＿＿＿＿＿＿＿

＿＿＿＿＿＿＿＿＿＿＿＿＿＿＿＿＿＿＿＿＿＿＿＿＿＿＿＿

請貼
郵票

11466
台北市內湖區瑞光路 76 巷 65 號 1 樓
秀威資訊科技股份有限公司 收
BOD 數位出版事業部

（請沿線對折寄回，謝謝！）

姓　　名：＿＿＿＿＿＿＿＿　年齡：＿＿＿＿　性別：□女　□男

郵遞區號：□□□□□

地　　址：＿＿＿＿＿＿＿＿＿＿＿＿＿＿＿＿＿＿

聯絡電話：(日)＿＿＿＿＿＿＿＿ (夜)＿＿＿＿＿＿＿＿

E-mail：＿＿＿＿＿＿＿＿＿＿＿＿＿＿＿＿＿＿